AF498509

Sven Elvestad

Der kleine Blaue + Der Mann im Monde
(2 Kriminalgeschichten mit Detektiv Asbjörn Krag)

e-artnow 2018

Friedrich Glauser
Matto regiert: Kriminalroman

Arthur Conan Doyle
Die Memoiren des Sherlock Holmes: Holmes' erstes Abenteuer und andere Detektivgeschichten / The Memoirs of Sherlock Holmes: The 'Gloria Scott' and Other ... + Das gelbe Gesicht + und vieles mehr

Arthur Conan Doyle
Das Zeichen der Vier

Mathias McDonnell Bodkin
Paul Becks Gefangennahme (Kriminalroman)

Edgar Wallace
Die toten Augen von London (Krimi-Klassiker)

Sven Elvestad

Der kleine Blaue + Der Mann im Monde (2 Kriminalgeschichten mit Detektiv Asbjörn Krag)

Übersetzer: Marie Franzos

e-artnow, 2018
ISBN 978-80-273-1595-6

Inhaltsverzeichnis

Der kleine Blaue

I
Der Agent

Vor einigen Jahren lag in einer der Straßen in der Nähe des Johannishügels ein kleines zweistöckiges Holzhaus. Das war vor der Zeit der Bauwut. Das Haus ist später niedergerissen worden, um einer der großen Mietskasernen Platz zu machen. Damals standen noch nicht viele Häuser in der Straße, die schlecht gehalten und nur teilweise gepflastert war. Das erwähnte Haus bemerkte man sofort, weil es ein bißchen vorstand, mit rotbrauner Farbe überschmiert war und mitten an der Fassade ein Schild hatte, das ganz jämmerlich in seinen Angeln quiekte, wenn der Wind sich hinein verfing. Auf dem Schild stand:

    A. Jonson,
    Kolonial- und Fettwarenhandlung.

Es war ein Geschäft, das sich nicht sehr imponierend ausnahm; hinter dem Ladentisch stand eine alternde, dicke Frau. Es war die Witwe von »A. Jonson«, der vor mehreren Jahren gestorben war. Sie führte den kleinen Laden jetzt allein und hatte sich durch Sparsamkeit und Betriebsamkeit so viel zurückgelegt, daß sie das Haus kaufen konnte, in dem sie wohnte. An den Laden stieß eine Wohnung, bestehend aus einem größeren und einem kleineren Zimmer und einer kleinen Küche. Zunächst dem Laden und durch eine Tür damit verbunden, lag das kleinere Zimmer, das die Witwe bewohnte. Mitten in die Tür war ein rundes Loch ausgeschnitten und eine Glasscheibe eingesetzt, durch die die Witwe, so oft sie nur wollte, den Laden überblicken konnte, und auch die Straße davor.

Um in das erste Stockwerk des Hauses zu gelangen, mußte man in den Hof hinausgehen. Von dort führte eine Treppe in die obere Wohnung. Es waren eigentlich zwei Wohnungen im ersten Stock, im ganzen vier Zimmer, aber nur eine Küche. Die Küche lag in der Mitte. Die zwei Zimmer rechts benützte die Witwe als Lagerräume. Hier lagen die Paraffintonnen und die Fässer mit grüner Seife und ähnliche Dinge, die sie nicht gut unten im Laden unter all den Eßwaren haben konnte. Aber die zwei Zimmer links hatte sie vermietet. Zu dem erwähnten Zeitpunkt bewohnte sie ein älterer graubärtiger Mann. Er hatte eine gelbe Messingplatte an die Tür genagelt, und darauf stand folgendes eingraviert:

    Agent Jaerven,
    Umsatz von Wertpapieren.

Als dieser Agent Jaerven einzog, ahnte die Witwe nicht, wer er war oder was für eine Art von Geschäft er betrieb. Er erlegte den Zins im vorhinein, aber handelte so viel herunter, als er nur konnte. Möbel hatte er nicht viel, ein altes massives Sofa, einen großen, runden Tisch, ehemals poliert, aber ziemlich abgenützt, einige wenige Stühle, eine Kommode, ein eisernes Bett und vor den Fenstern unscheinbare rotgemusterte Gardinen. Mitten in alle diese überaus fadenscheinige Herrlichkeit schleppte man ein Ungeheuer von einer eisernen Kasse, die obendrein mit einem eigenen Sperrmechanismus versehen war. Gerade, daß sechs kräftige Packer das Ding die Treppe hinauftragen konnten, die unter der Last krachte. Die Witwe hatte damals den Agenten gefragt, was er denn eigentlich betrieb, aber hatte ausweichende Antworten bekommen.

Der alte Mann war ein tadelloser Mieter, er bezahlte präzise und betrug sich in jeder Hinsicht ordentlich. Einmal die Woche kam eine Frau und wusch seine Wäsche. Er bereitete sein Frühstück selbst, die anderen Mahlzeiten nahm er stets in der Stadt ein. Mit der Genauigkeit eines Uhrwerks verlief sein Tag. Um sieben Uhr morgens stand er auf, und um acht Uhr hörte ihn die Witwe immer die Treppe hinunterstolpern. Er blieb dann drei Stunden fort. Zwischen elf und ein Uhr hielt er sich immer in seiner Wohnung auf, und um diese Zeit konnte es oft vorkommen, daß Besuche zu ihm kamen. Viele merkwürdige Besuche übrigens. Es waren Damen und Herren, besser gekleidete und bescheidener gekleidete. Hie und da konnte es vorkommen, daß ein Wagen drüben an der Ecke hielt und ein Herr ausstieg, sich vorsichtig umsah und dann die Treppe zu Agent Jaerven hinaufschlich. Es geschah auch, aber sehr selten, daß die Witwe laute Stimmen aus dem Zimmer des Agenten hörte und Schläge auf den Tisch.

Die Witwe merkte bald, daß es wichtige Geschäfte waren, die der Agent hatte – ja, Geldgeschäfte. Aber was kümmerte sie das, wenn sie nur ihren Zins zu rechter Zeit bekam und er sich sonst in jeder Hinsicht tadellos betrug.

Der Agent zog zu Johanni ein, und etwa zwei Jahre vergingen, bevor das geschah, was nun erzählt werden soll. Es war an einem der ersten Frühlingstage des Jahres, und die Leute, die über die Straße gingen, drehten das Gesicht der Sonne zu, um zu fühlen, wie sie schon wärmte, und um auch recht zu sehen, wie hell es schon geworden war. Der Schnee war während des Tauwetters der letzten Tage aufgegangen. Es rieselte durch die Dachrinnen, und die Gassen waren aufgeweicht und schmutzig.

*

Damals war Asbjörn Krag noch aktives Mitglied des Christianiaer Detektivkorps und stand durch die Art, wie er die ihm gestellten Aufgaben löste, hoch in der Gunst seiner Vorgesetzten.

Als er sich eines Morgens im Kontor des Chefs einfand, fand er diesen in ungeduldiger Erwartung.

»Ich habe da gerade eine Sache bekommen, die wohl etwas für Sie sein wird,« sagte er. »Diese Dame hier,« – er wies auf eine ältere, korpulente Frau, die auf dem schwarzen Ledersofa des Kontors Platz genommen hatte – »diese Dame hat mir eben mitgeteilt, daß einer ihrer Mieter in ganz merkwürdiger Weise verschwunden ist.«

Krag, dessen Interesse augenblicklich erwachte, setzte sich an den grünen Tisch des Chefs.

Er war darauf bedacht, mit dem Rücken gegen das Licht zu sitzen. Es war dies eine Gewohnheit, die er in den Verhörlokalen angenommen hatte; das Tageslicht fiel dann dem, der verhört wurde, ins Gesicht, und er konnte so jeden kleinen Wechsel im Mienenspiel beobachten.

»Darf ich Sie bitten, Ihre Erzählung zu wiederholen,« sagte der Polizeichef. »Es ist notwendig, daß dieser Herr sie aus Ihrem eigenen Munde hört.«

Die Dame erhob sich in ihrer ganzen Fülle und trat näher. Die Mantille raschelte um sie. Krag bemerkte, daß sie sehr nervös und erregt war. Sie sprach auch mit leicht zitternder Stimme.

»Ich habe mir schon mehrere Tage gedacht, daß ich mich an die Polizei wenden müßte,« sagte sie, »aber habe es immer wieder aufgeschoben, weil ich hoffte, daß er zurückkommen würde. Aber nun sehe ich, daß etwas geschehen muß!«

»Von was, oder richtiger, von wem sprechen Sie?« fragte Asbjörn Krag.

»Vom Agenten Jaerven, der zwei Zimmer in meinem Hause bewohnt.«

Asbjörn Krag griff nach seinem kleinen Notizbuch und notierte den Namen. Er wechselte einen Blick mit dem Polizeichef.

»Agent Jaerven ist also verschwunden?« fragte Krag.

»Ja,« erwiderte die Dame, »und ich habe so eine Ahnung, daß ihm etwas passiert ist.«

»Wann war er zuletzt zu Hause?«

»Donnerstag abends, den Zwölften. Heute haben wir den Zweiundzwanzigsten. Also vor zehn Tagen.«

Krag nickte und notierte.

»Und Sie wissen bestimmt, daß er Donnerstag abends zu Hause war?«

»Ganz bestimmt.«

»Können Sie mir auf den Glockenschlag sagen, wann er fortging?«

»Es war so ums Dunkelwerden. Ich denke, es wird gegen acht Uhr gewesen sein.«

»Pflegte der Agent oft – vielleicht jeden Abend, um diese Zeit auszugehen?«

»Nein, durchaus nicht. Darum fiel es mir eben auf, daß er ausging. Er ging auch den vorigen Tag um acht Uhr fort, und das war noch nicht vorgekommen, soweit ich zurückdenken kann.

Aber damals redete ich mit ihm, und da sagte er mir, daß er wohl bis halb zwölf fortbleiben würde.«

»War er damals anders als sonst?«

»Nein. Er sah aus wie gewöhnlich und sprach auch ganz ruhig. – Sonst kam Jaerven immer gegen sechs Uhr von seinen Nachmittagsausgängen zurück,« setzte die Dame ihre Erzählung fort. »Er schloß sich dann in seinem Zimmer ein und empfing nicht gerne Besuch. Gegen acht Uhr war er meistens in der Küche draußen und bereitete sein Abendbrot, und gleich nachdem er gegessen hatte, legte er sich nieder. So verliefen seine Abende immer; ich kann mich nicht erinnern, daß es anders gewesen wäre. Darum war ich auch so erstaunt, als ich sah, daß er diesen Abend ausging und den Abend darauf wieder. Ich weiß noch, daß ich ganz laut zu mir selbst sagte: ›Nein, jetzt ist aber Jaerven komisch! Was in aller Welt macht er noch so spät in der Stadt!‹«

Krag notierte wieder etwas in sein Notizbuch.

Dann fragte er:

»Nun, und hat der Agent schon früher am Tage irgend etwas getan, was Ihnen seltsam vorkam?«

»Nichts Besonderes,« erwiderte die Witwe, »er hat sich nur auch schon am Vormittag eingesperrt. Sonst pflegte er immer zwischen elf und ein Uhr Besuche zu empfangen; aber an diesem Tage wollte er niemand vorlassen. Er hatte die Tür von innen zugesperrt. Ich hörte ihn mit schweren Schritten drinnen auf und ab gehen. Und das war auch etwas, was er sonst nie zu tun pflegte. Wenigstens ist es mir nie früher aufgefallen.«

»Was waren denn das für Leute, die an jenem Vormittage zu ihm hinein wollten?«

Die Witwe warf einen prüfenden Blick auf den Detektiv.

»Ich weiß nicht,« erwiderte sie zögernd.

Asbjörn Krag lächelte.

»Genieren Sie sich doch nicht,« sagte er. »Ich kann Ihnen sagen, daß wir hier bei der Polizei mehr vom Agenten Jaerven wissen, als Sie, obwohl er zwei Jahre bei Ihnen gewohnt hat.«

»Ich kümmere mich nicht um anderer Leute Angelegenheiten,« gab die Witwe schlagfertig zurück.

»Na, na! Also: Was für Art Leute waren das, die den Alten besuchten?«

»Ich denke, es werden Leute gewesen sein, die sich von ihm Geld ausleihen wollten.«

»Richtig,« erwiderte der Detektiv. »Sie werden doch die ganze Zeit gewußt haben, daß Agent Jaerven Geld auf Zinsen auslieh. Dagegen ist natürlich nichts zu sagen. Aber die Sache ist die, daß er oft zu hohe Zinsen nahm, und deshalb kennen wir ihn hier so gut. Sie verstehen?«

»Ja, ich habe mir ja auch so meine Gedanken darüber gemacht,« antwortete die Witwe.

»Schön, schön! Sie wissen also nicht, warum er an jenem Donnerstag seine Kunden nicht einlassen wollte?«

»Nein, ich habe keine Ahnung. Ich hörte nur, daß Leute oben waren und an der Tür rüttelten; aber als er nicht aufmachte, gingen sie wieder. Sie werden wohl geglaubt haben, daß er nicht zu Hause ist. Er verhielt sich auch ganz still, solange jemand draußen war. Das ist mir auch aufgefallen. Hingegen habe ich mir seine Kunden nicht genauer angeschaut, ich war ja so gewohnt, sie kommen und gehen zu sehen. Nur einer von ihnen ist mir aufgefallen. Es war ein großer, dicker Mann, der rüttelte stärker als die anderen an der Klinke, und als niemand aufmachte, da fluchte und schimpfte er auf den Alten. Er stieß auch ziemlich kräftig mit dem Fuß an die Tür, bevor er ging. Gegen halb drei Uhr pflegte ich zu dem Agenten hinauszukommen, um zu fragen, ob ich bei ihm etwas behilflich sein könne, Einkäufe zu besorgen, oder dergleichen. Auch mir machte er nicht auf, er antwortete nicht einmal auf meine Frage. Den ganzen Nachmittag blieb er eingesperrt, und erst um acht Uhr ging er aus. Seither habe ich ihn nicht gesehen und auch nicht das allermindeste von ihm gehört. Der Zins ist seit sechs Tagen fällig, und den hat er doch sonst immer sozusagen auf die Minute bezahlt. In den letzten Tagen haben mir alle möglichen Leute, die ihn sprechen wollten, die Türe förmlich eingerannt. Ich glaube, es ist ihm ein Unglück zugestoßen.«

»Was für eine Art von Unglück?« fragte der Detektiv ernst.

»Ich weiß nicht, er war den letzten Tag so sonderbar.«

»Nun?«

»Wenn er sich das Leben genommen hätte?«

Ein beinahe unmerkliches Lächeln huschte über Asbjörn Krags Gesicht.

»Eine solche Handlung sieht Jaerven nicht ähnlich,« sagte er. »Ich beobachte ihn schon seit mehreren Jahren; er hat keine Verwandten, keine Freunde, aber er ist ein sehr reicher Mann. Soweit ich weiß, hat er keine Verluste irgendwelcher Art erlitten. Es scheint mir deshalb ganz unglaublich, daß er Hand an sich ... nun, wir werden schon sehen.«

Die Witwe knöpfte ihre Mantille zu und machte sich zum Gehen bereit.

Krag hielt sie auf .

»Noch eines,« sagte er. »Pflegte Jaerven viele Briefe zu bekommen?«

»Ja freilich, fast jeden Morgen kam der Briefträger und brachte ihm Post. Auch an jenem Donnerstag, wo er verschwand, kamen Briefe. Später mußte der Briefträger alle Postsachen bei mir abgeben.«

»Danke, es ist gut. Wir werden uns mit der Sache befassen. Vor allem ist es notwendig, eine Untersuchung der Zimmer Jaervens vorzunehmen. Vorläufig müssen Sie alles unberührt lassen.«

Die dicke Witwe ging, und Asbjörn Krag blieb mit dem Polizeichef allein.

»Was glauben Sie?« fragte dieser.

»Ich glaube noch nichts,« erwiderte Krag; »aber es ist ja klar, daß da irgend etwas los sein muß. Es ist ja ganz ausgeschlossen, daß Jaerven aus freiem Willen seine zahlreichen verwickelten Geschäfte im Stich gelassen hat. Ein Selbstmord ist auch höchst unwahrscheinlich.«

Der Polizeichef war ernst geworden. Er erhob sich von seinem Platz und schritt ein paarmal im Zimmer auf und ab.

»Agent Jaerven war ja ein Wucherer,« fuhr Krag fort, »darüber sind wir doch einig.«

»Ja,« warf der Chef hin, »aber es war ganz unmöglich, ihm etwas nachzuweisen.«

»Ich weiß, er war ein grausamer und hartherziger Wucherer. Einer der ganz Gefährlichen. Einer von jenen, die mit allerhand Papieren operieren.«

Der Polizeichef blieb stehen und sah seinen Beamten an.

»Was meinen Sie?« fragte er.

»Ein solcher Mann, wie Jaerven,« erwiderte Krag mit Nachdruck, »kann seines Lebens nie sicher sein.«

II

Hausuntersuchung

Schon eine Stunde nach dieser Anzeige im Sicherheitsbureau war Asbjörn Krag in voller Tätigkeit.

Zuerst stattete er einen Besuch bei der Bank ab, wo er wußte, daß Jaerven seine Papiere deponiert und sein Geld stehen hatte. Unter vier Augen hatte er ein Gespräch mit dem Bankdirektor und fand seine Annahme von der ausgezeichneten ökonomischen Stellung des Agenten Jaerven bestätigt. Er hatte ein großes Vermögen und nur sichere Papiere liegen. Ein paar Wechsel waren verfallen, einer vor sechs, einer vor sieben Tagen. Aber die Bank hatte die Wechsel ruhig liegen lassen, da man durch die Witwe wußte, daß Jaerven verreist war.

Krag fragte:

»Finden Sie es nicht seltsam, Herr Direktor, daß Jaerven solange von seinen Geschäften wegbleibt, ohne etwas zu sagen oder irgendwelchen Bescheid zu geben?«

Der Bankdirektor erwiderte vorsichtig, er finde auch, daß auffallend lange Zeit vergangen sei, und er habe schon angefangen, sich darüber zu wundern.

»War Jaerven Donnerstag hier in der Bank?« fragte Krag.

Er bekam zur Antwort, daß Jaerven oft in der Bank war, um Geschäfte der einen oder andern Art abzuschließen; die Bücher ergaben, daß Jaerven Mittwoch in der Bank gewesen war, aber Donnerstag nicht. Der Hauptkassierer erinnerte sich außerdem bestimmt, daß er Jaerven seit Mittwoch, dem Elften, vormittags, in der Bank nicht mehr gesehen hatte. Er hatte damals fünftausend Kronen auf sein Konto eingelegt. Der Kassierer hatte den Eindruck, daß Jaerven es nicht liebte, größere Geldsummen bar zu Hause liegen zu haben. Sowie er über solche disponierte, übergab er sie darum der Obhut der Bank. Schließlich erklärte der Direktor, daß Jaervens Geschäfte mit der Bank in jeder Hinsicht normal und korrekt waren; aber man merkte, daß er über sehr viel Geld disponierte und oft recht lebhafte Geldtransaktionen hatte. Worin diese bestanden, dafür hatte die Bank sich nie interessiert.

Das waren alle Aufklärungen, die Krag dort erhalten konnte. Viel schien es nicht, aber Krag notierte sich jeden kleinen Umstand gewissenhaft und genau.

Nach seinem Besuch in der Bank fuhr Krag in die Straße, in der Jaerven wohnte. Er war zuerst im Laden der Witwe und ersuchte sie, ihn in das erste Stockwerk zu führen. Die Witwe war sofort bereit. Sie übergab dem Kommis das Geschäft und ging mit. Unterdessen prägte sich Krag die ganze Umgebung ein, er konstatierte, daß alle, die von oder zu dem Agenten kamen, aus dem Zimmer der Witwe gesehen werden konnten; er zählte die Stufen der Treppe und bemerkte, mit besonderem Interesse, daß gegenüber dem Hause eine Gaslaterne stand; ihr Licht mußte abends gerade in das Schlafzimmer des Agenten fallen. Zuerst betraten der Detektiv und seine Begleiterin die Küche. Da standen einige Tassen und Kochgeschirre herum. Sonst war es klar zu sehen, daß die Küche schon längere Zeit außer Gebrauch sein mußte. Aus der ziemlich großen Küche führten zu beiden Seiten Türen in die Wohnungen. Die Türe rechts stand offen; hier hatte die Witwe ihre Lagerräume. Links war die Wohnung des Agenten. Einen anderen Eingang als durch die Küche gab es nicht. Der Detektiv dachte mit einem Schauder an diesen reichen Mann, der sich alle Annehmlichkeiten des Lebens versagte, um noch mehr Geld aufzuhäufen, und dessen einzige Freude immer nur darin bestanden hatte, diese freudlosen Reichtümer zu mehren.

Er rüttelte heftig an der Tür und pochte mit den Knöcheln an die eichenen Planken. Immer stärker, dann lauschte er. Aber drinnen war kein Laut zu hören.

Der Detektiv trat in das Treppenhaus und öffnete das Fenster, das von dort auf die Straße ging. Draußen, wo die Leute in einem unregelmäßigen Strom vorbeitrieben, hatte die Promenade noch ganz das Gepräge der Vorstadt. Krag blies ein paarmal scharf in seine Polizeipfeife, und es dauerte nicht lange, so kamen ein paar Schutzleute gelaufen. Sie sahen sich zuerst um, dann entdeckten sie den Detektiv, der an dem offenen Fenster stand und winkte.

»Kommen Sie einen Augenblick herauf!« rief er.

Eine Minute später waren die Schutzleute zur Stelle. Sie waren beide starke robuste Männer und grüßten Krag mit einer Ehrerbietung, die zeigte, in welch hohem Ansehen der begabte Detektiv stand.

»Wir müssen diese Tür öffnen,« sagte Krag und wies auf den Eingang zu den Zimmern des Agenten Jaerven.

Zuerst wurden alle Schlüssel, die vorhanden waren, probiert. Aber keiner paßte. Das vorsichtige Mißtrauen des Agenten hatte sich auch darin geäußert, daß er sich ein ganz besonders sicheres und starkes Türschloß angeschafft hatte.

»Es wird das beste sein, die Türe einzudrücken,« sagte der eine der Schutzleute, indem er seinen breiten Rücken an die Türfüllung stemmte.

Der Detektiv nickte zustimmend.

»Nur wegsprengen,« sagte er, »hier muß rasch gehandelt werden.«

Der andere Schutzmann half mit, und es gelang ihnen bald, das Schloß zu sprengen. Die Tür ging auf, aber ein gutes Stück der Füllung fiel heraus.

Asbjörn Krag betrat das Zimmer zuerst. Die Witwe hielt sich ängstlich im Hintergrund, so als fürchtete sie, etwas Grauenvolles zu sehen. Die Schutzleute blieben an der Tür stehen und warteten.

Krag sah sich um.

Das war also das Kontor des Agenten. Drüben am Fenster stand der Tisch, an dem er zu arbeiten pflegte. Auf dem Tisch stand ein Tintenfaß, aus dem die Feder hervorragte, ferner ein paar Tassen und ein Teller mit einigen Brotrinden. Einige unbeschriebene Papiere und ein kleines blau gebundenes Büchlein. Das war alles. Krag blätterte das Büchlein durch, aber schien nichts von Interesse darin zu finden.

Die Witwe stand noch immer in der geöffneten Tür und neben ihr die beiden Schutzleute.

»Jaervens Schlafzimmer ist dort drinnen?« fragte Krag und wies auf eine geschlossene Tür rechts.

Die Witwe nickte.

»Oeffnen Sie sie!« befahl Krag.

Zögernd ging die Witwe zur Schlafzimmertür hin, um aufzuschließen. Es war, als erwartete sie dort drinnen etwas Schreckliches zu sehen. Sie öffnete die Tür leise und vorsichtig und zog sich dann schleunigst zurück.

»Erwarten Sie vielleicht die Leiche des Wucherers zu finden?« fragte Krag, indem er der Witwe einen raschen Blick zuwarf. Aber sie erwiderte nichts, sondern zog sich nur noch weiter zurück.

Nun trat Krag rasch in das kleine Schlafgemach. Er öffnete vor allem das Fenster, um frische Luft einzulassen, und begann dann die wenigen Gegenstände zu untersuchen, die sich in dem Zimmer befanden.

In der einen Ecke stand eine alte solide eiserne Kasse, die war natürlich versperrt. Wenn der Detektiv einen Augenblick das Verschwinden des Agenten Jaerven mit einem kühnen Einbruchsdiebstahl in Verbindung gebracht hatte, so war er auf jeden Fall jetzt gründlich enttäuscht. Der eiserne Geldschrank zeigte keine Spuren, geöffnet worden zu sein, die Schlösser und alles übrige war in der schönsten soliden Ordnung. Im übrigen empfing der Detektiv nicht den Eindruck, daß der Agent die Wohnung in besonderer Eile verlassen hatte; aber die Sachen waren auch nicht so geordnet, als ob er bei seinem Fortgehen auf eine längere Abwesenheit vorbereitet gewesen wäre. Der Detektiv mußte mit einem Seufzer gestehen, daß die Wohnung nicht den geringsten Anhaltspunkt zu einer Lösung des Rätsels bot. Vorläufig konnte er auch die Kasse nicht öffnen, da er ja nicht wußte, ob der verschwundene Wucherer tot oder am Leben war.

Im Schlafzimmer stand außer der Kasse und dem Bett eine alte abgestoßene Kommode. Der Detektiv versuchte, die Laden herauszuziehen; aber sie waren alle zugesperrt. Während er noch damit beschäftigt war, entdeckte sein Blick auf dem Fußboden, gerade unter der Kommode, ein Kuvert. Es war an den Agenten Jaerven adressiert, und eine Fünföremarke war daraufgeklebt. Das Kuvert trug den Poststempel vom Elften. – Also dem Tage, bevor Agent Jaerven verschwand, dachte Krag. Er untersuchte das Kuvert mit Interesse genauer. Darin lag ein kleiner zusammengefalteter Bogen. Der Detektiv zog ihn heraus und las folgendes:

Christiania, den 11. April.

Treffen Sie mich heute abend in der Höhle und nehmen Sie den »kleinen Blauen« mit.

Der Brief hatte keine Unterschrift.

Krag steckte ihn vorläufig in die Tasche, um ihn später näher zu untersuchen. Und nachdem er sich vergewissert hatte, daß vorläufig nichts weiteres von Interesse zu finden war, verließ er die Wohnung mit der Witwe und den beiden Schutzleuten. Er bat den einen Schutzmann, dafür zu sorgen, ein provisorisches Schloß an der aufgebrochenen Tür anzubringen, damit niemand Unberufener Eingang finden konnte.

Bevor sich der Detektiv von der Witwe verabschiedete, fragte er:

»Erinnern Sie sich, welchen Anzug der Verschwundene anhatte, als Sie ihn zum letztenmal sahen?«

»Daran erinnere ich mich ganz genau,« gab die Witwe zurück; »er hatte seinen dicken braunen Rock an, den er Winter und Sommer immer trug. Auf dem Kopf hatte er seinen breitkrempigen grauen Hut. Der war so alt, daß ihm die Krempe ganz schlaff über die Ohren hing.«

Der Detektiv überlegte.

»Jaerven verschwand Donnerstag, den Zwölften,« murmelte er, »heute schreiben wir den Zweiundzwanzigsten. In der Zwischenzeit haben wir drei heftige Regengüsse gehabt, den Siebzehnten, Achtzehnten und Neunzehnten. Der Agent kann sich unmöglich in der Stadt aufhalten, sonst wäre er doch nach Hause gegangen oder hätte seinen Regenmantel und seinen Regenschirm holen lassen, die sich unberührt oben im Zimmer vorfanden.

Und seine Geschäfte, seine verfallenen Wechsel,« fuhr Krag in seinen Betrachtungen fort. »Ich kann mir nicht denken, daß er sie mit freiem Willen verlassen hat.«

»Glauben Sie, daß er zurückkommt?« fragte jetzt die Witwe beunruhigt.

»Nein,« erwiderte der Detektiv, »das glaube ich nicht.«

Damit ging er.

Auf dem nächsten Standplatz nahm er eine Droschke und fuhr zu einer Zeitungsexpedition.

Hier schrieb er folgende Annonce, die er vorläufig täglich zu bringen auftrug, bis er Bescheid gab:

Aufgepaßt!

Der Herr, der Donnerstag vormittag, den Zwölften dieses, sich vergebens bemühte, den Agenten Jaerven in seinem Kontor zu sprechen, möge die Liebenswürdigkeit haben, seine Adresse in einem Brief an die Expedition bekanntzugeben unter der Chiffre »Von höchster Wichtigkeit«.

*

Asbjörn Krag suchte nun den Chef des Sicherheitsbureaus auf, um mit ihm zu besprechen, was weiter zu tun sei.

Der Chef war jedoch nicht zugegen, so daß Krag eine halbe Stunde im Kontor sitzen und auf ihn warten mußte.

Unterdessen grübelte er wieder über die Sache nach, und er war bald mit sich einig, daß hier ein düsteres und unheimliches Verbrechen vorliegen mußte. Gleichzeitig sagte er sich selbst, daß die Entdeckung des Verbrechens besondere Schwierigkeiten bieten würde. Vorläufig fehlte noch jeder Anhaltspunkt.

III

Die eiserne Kasse

»Nun, wie geht es?« fragte der Chef, als er das Kontor betrat.

»Vorläufig habe ich nicht den geringsten Faden,« antwortete Krag.

Der Detektiv bemerkte, daß sein Vorgesetzter etwas nervös war. Er trat ans Fenster und sah hinaus. Krag blieb an dem grünen Tisch sitzen.

»Verbrechen?« fragte der Chef wieder und legte eine vielsagende Betonung auf das Wort.

»Wahrscheinlich.«

»Mord?«

»Wahrscheinlich.«

»Und nicht ein Faden? Nicht ein Lichtstrahl?«

»Vorläufig nicht, soweit ich sehen kann.«

»Ja, da sind wir aber wieder übel daran, Herr Krag; wenn jetzt diese Affäre so rasch nach der unaufgeklärten Sache mit dem Diamantenhalsband kommt, werden die Blätter schön über uns herfallen. Wie ist das Skelett?«

(Das Skelett ist der Fachausdruck, mit dem die Detektive die Tatsachen bezeichnen, die bei Beginn einer Sache vorliegen.)

Asbjörn Krag erwiderte:

»Was ich bis jetzt gesammelt habe, ist ganz minimal, und dabei ist es nicht einmal ausgemacht, ob die verschiedenen Glieder zusammengehören.

Am Elften bekommt Jaerven einen Brief, in dem er aufgefordert wird, am selben Abend den Briefschreiber an einem Ort zu treffen, der näher als die Höhle bezeichnet wird. Jaerven sollte zu diesem Zusammentreffen den »kleinen Blauen« mitbringen. Mit dem kleinen Blauen ist sicherlich ein Papier gemeint, vermutlich ein Wechsel.

Der Wucherer ging auch ganz richtig an diesem Abend aus, was er nach Aussage seiner Hauswirtin sonst nie zu tun pflegte. Gegen Mitternacht kam er wieder und begab sich dann gleich zur Ruhe. Am nächsten Tage schloß er sich ein; niemand durfte zu ihm herein, obwohl mehrere draußen waren und an die Türe trommelten. Erst um acht Uhr abends ging er fort, und die Wirtin sah ihn durch das Fenster, das auf die Treppe geht.

Seither ist er verschwunden.

Es scheint mir ganz ausgeschlossen, daß er sich umgebracht hat. Dazu hatte er keinen Anlaß. Ganz unmöglich ist es, daß er durchgebrannt ist.

Folglich kann sein totales Ausbleiben in nichts anderem seinen Grund haben, als daß er aus dem Wege geräumt ist. Der Wucherer Jaerven gehört wohl nicht mehr zu den Lebenden.«

Der Polizeichef hatte aufmerksam und schweigend die Erklärung seines tüchtigsten Beamten angehört. Hie und da nickte er, um kundzugeben, daß er den Folgerungen des Detektivs zustimmte.

Schließlich machte Krag seinem Chef Mitteilung von der Annonce, die er eingerückt hatte. »Die Annonce sollte ins Abendblatt kommen,« sagte er, »vermutlich ist sie schon gelesen, und wenn der Betreffende ein reines Gewissen hat, können wir ihn recht bald erwarten.«

Der Detektiv hatte kaum zu Ende gesprochen, als das Telephon klingelte. Es war die Zeitungsexpedition.

»Der Herr, nach dem Sie annonciert haben, hat jetzt einen Brief abgegeben,« hieß es.

Krag rief einen Bediensteten herein und trug ihm auf, den betreffenden Herrn zu holen, nachdem er aus dem Brief die Adresse eruiert hatte.

Es dauerte beinahe eine Stunde, bis der Mann kam. Die Polizisten erkannten ihn sofort nach der Beschreibung der alten Witwe.

Es war ein robuster Mensch von ungefähr vierzig Jahren in einem braunen, nahezu tadellosen Anzug.

Krag bat ihn um Entschuldigung, daß man ihn bemüht hatte, aber es sei von großer Wichtigkeit, die Erzählung seines mißlungenen Besuches beim Wucherer Jaerven am Zwölften dieses Monats zu hören.

Der Mann schien zuerst etwas ungehalten darüber, daß man ihn zur Polizei geschleppt hatte; aber er besänftigte sich rasch und gab bereitwillig seine Erklärung ab.

Er war gerade am Zwölften in einer kleinen Geldverlegenheit gewesen und hatte die Absicht, ein Darlehen bei Jaerven zu erwirken. Der Wucherer hatte ihm schon früher unter ähnlichen Umständen geholfen, wenn er auch unverschämte Zinsen genommen hatte.

»Nun, so ging ich denn hinauf und klopfte an seine Tür,« fuhr der Mann fort, »aber er machte nicht auf.«

»Vielleicht war er nicht zu Hause,« warf der Detektiv hin.

»Freilich war er zu Hause. Ich hörte ihn ja deutlich drinnen herumgehen. Dann rüttelte ich an der Tür, aber er machte nicht auf. Da bückte ich mich, um durch das Schlüsselloch zu ihm hineinzuschauen.«

»Der Schlüssel steckte also nicht?«

»Nein.«

»Nun, und sahen Sie etwas?«

»Ja, ich sah Jaerven. Ich konnte ihn ganz deutlich sehen. Er stand drüben am Fenster.«

»Mit dem Gesicht zu Ihnen?«

»Nein, er stand mit dem Rücken zu mir.«

»Wie lange sahen Sie ihn so?«

»Nur ganz kurze Zeit.«

»Warum nicht länger?«

»Ja, er deckte das Schlüsselloch mit der Hand zu.«

»Aber Sie sagten doch eben, daß er ganz drüben am Fenster stand.«

»Ja, ganz richtig. Aber es war so, als spürte er, daß ich ihn anguckte, denn er ging dann rücklings auf die Türe zu und verdeckte das Schlüsselloch mit der flachen Hand.«

»Rücklings? Ist Ihnen das nicht aufgefallen?«

Der Mann blickte verdutzt auf.

»Ja, wenn ich es mir so überlege … es war eigentlich ganz komisch.«

Krag notierte etwas in sein Notizbuch.

»Und Sie haben Jaerven schon öfter gesehen?«

»Ja freilich, oft und oft! Ich erkannte ihn sofort. Schon der abgetragene alte Samtrock war genug.«

»Wie lange standen Sie da vor der Tür?«

»Na, vielleicht eine Viertelstunde. Dann ging ich. Aber ich hatte eine Riesenwut, weil er mich nicht hineinließ. Das Geld konnte ich mir dann, Gott sei Dank, anderswo verschaffen. Wünschen Sie noch etwas zu wissen?«

»Nein, danke.«

Der Mann entfernte sich, sichtlich erstaunt über die vielen komischen Fragen, die man ihm gestellt hatte.

Asbjörn Krag blieb eine Weile sitzen und starrte gerade vor sich hin, in tiefe Grübeleien versunken. Plötzlich sah er seinen Chef an, und in seinen Augen funkelte etwas auf, das darauf zu deuten schien, daß ihm eine Idee gekommen war. Er nahm wieder sein Notizbuch und durchblätterte es, die verschiedenen Angaben und Daten miteinander vergleichend. Er wurde eifrig, ja etwas fieberisch, wie immer, wenn er von einer Idee ausgefüllt war. Aber gleich darauf hatte er wieder seine gewöhnliche Ruhe.

Der Polizeichef beobachtete erfreut die Veränderung, die mit Krag vorgegangen war. So etwas versprach immer Gutes.

Der Detektiv klappte das Notizbuch zusammen und erhob sich.

»An die Arbeit!« sagte er. »Hier ist ein Verbrechen begangen worden, und wir haben es sicherlich mit einem gefährlichen und intelligenten Schurken zu tun.«

»Haben Sie jetzt einen Faden?« fragte der Chef interessiert.

»Möglicherweise. Ich beginne etwas zu ahnen. Aber einen eigentlichen Anhaltspunkt habe ich noch nicht. Wir wollen doch sehen, ob meine alte Behauptung sich nicht wieder einmal bestätigt. Nämlich daß, selbst wenn ein Verbrechen mit einer geradezu genialen Schlauheit geplant ist, selbst wenn es bis ins kleinste Detail gelingt, ihm doch noch immer Umstände anhaften, die früher oder später zur Entdeckung führen müssen. Die Voraussetzung ist nur, daß der richtige Mann die Sache richtig anpackt.«

Krag war nun sichtlich gut gelaunt – ein Gemütszustand, den sein Chef wohl kannte und zu schätzen wußte. Wie alle wirklich großen Entdecker war Krag auch bisweilen nicht frei von ein bißchen Eitelkeit und hatte einen gewissen Hang, ein stolzes Selbstgefühl über seinen Scharfsinn und seine Intelligenz an den Tag zu legen.

»Was wollen Sie jetzt tun?« fragte der Chef.

»Ich will eine umfassende Hausdurchsuchung in Jaervens Wohnung vornehmen,« erwiderte Krag; »vielleicht kann ich da dem einen oder dem andern auf die Spur kommen.«

Der Chef erklärte sich damit einverstanden, und der Detektiv ging, um die Untersuchung vorzunehmen.

Als er sich ein paar Stunden später wieder vor seinem Vorgesetzten zeigte, hatte sein Gesicht einen Ausdruck, der darauf deutete, daß nichts Neues hinzugekommen war.

»Da sind eine Menge Darlehnspapiere,« sagte er, »Wechsel, Garantieverschreibungen und dergleichen, zu einem ganz bedeutenden Betrage. Ich wundere mich nur, daß nicht mehr Leute dagewesen sind und nach Jaerven gefragt haben, seitdem er verschwunden ist. Hier habe ich mir die Namen der Personen aufnotiert, von denen ich konstatieren konnte, daß Jaerven in Geschäftsverbindung mit ihnen stand. Es ist eine ganz interessante Liste. Aber sie bringt mich nicht einen Schritt vorwärts. Jetzt erübrigt nur noch eines.«

»Was denn?«

»Seine große eiserne Kasse zu sprengen. Ich habe sie hierherbringen lassen, und acht Mann tragen sie eben herauf. Es müssen ja bei einem solchen Vorgang gewisse Amtspersonen zugegen sein.«

Der Polizeichef setzte sich mit ein paar Herren vom Gericht in Verbindung. Sobald diese eingetroffen waren, begaben sich sämtliche in den großen Saal, wo vie Kasse auf einen Tisch gestellt worden war. Ein Schlosser war auch gekommen und hatte einige grobe Stemmeisen mitgebracht. Er versuchte die Kasse zu öffnen, aber mußte es bald wieder aufgeben.

»Das ist der massivste Geldschrank, der mir noch untergekommen ist,« sagte er; »soweit ich sehe, muß er mit Dynamit gesprengt werden. Sonst würde es zu lange dauern, ihn zu öffnen.«

Asbjörn Krag gab einem der anwesenden Bedienten eine Weisung. Der Mann entfernte sich in der Richtung von Krags Privatkontor. Einen Augenblick später kam er zurück, eine kleine Kassette tragend, die mit schwarzem Leder bezogen war und Krags Namen auf einem kleinen weißen Silberplättchen eingraviert trug. Der Detektiv öffnete die Kassette und breitete den Inhalt auf dem Tisch aus, während der Chef des Sicherheitsbureaus, der Schlosser und die Gerichtspersonen mit steigendem Interesse zusahen. Die Kassette enthielt Einbruchswerkzeuge der allerfeinsten Art, blank geputzt und scharf geschliffen; sie sahen beinahe wie chirurgische Instrumente aus. Da waren kleine scharfe Sägen, ein paar kurze, dicke Stemmeisen, dünne aber scharfe Bohrmaschinen usw. Die größten Instrumente maßen vielleicht eine halbe Elle, die kleinsten waren nicht größer als Stopfnadeln. Krag wählte einige Instrumente aus und begann unverdrossen an der Kasse zu arbeiten. Man hörte, wie die Bohrer in den harten Stahl geschraubt wurden, wie die Säge ihn mit einem Zischlaut durchschnitt, man sah die kleinen weißen Eisenspäne über die Schranktür tanzen. Im Verlaufe von zehn Minuten war das Schloß gesprengt – ein Griff mit dem Stemmeisen, und die Kasse lag offen da.

Der Polizeichef war ganz sprachlos vor Staunen. Aber Asbjörn Krag sagte, während ein seltsames Lächeln seine Lippen umspielte:

»Sie haben allen Grund, sich zu freuen, meine Herren – daß ich auf Ihrer Seite bin.«

In der Kasse lagen eine Menge Papiere verstreut. Mehrere waren zerrissen. Aber was man sogleich bemerkte, war, daß das kleine Geheimfach im Innern der Kasse, das vermutlich die wichtigsten Papiere des Wucherers barg, mit Gewalt in Stücke gesprengt war, und daß man im Inhalt furchtbar herumgewühlt hatte.

»Dacht' ich mir's doch,« murmelte der Detektiv, »hier sind ungebetene Gäste gewesen.«

Der Polizeichef, der Krags Bemerkung gehört hatte, wendete ein:

»Aber die Kasse selbst ist doch unversehrt. Wie reimen Sie sich das zusammen?«

Wieder lächelte der Detektiv in seiner eigentümlichen Weise.

»Ja, wenn ich das wüßte,« gab er zurück, »dann hätte ich damit das eine der Geheimnisse enträtselt.«

»Das eine?«

»Ich sage, das eine,« fuhr der Polizist ernst fort, »denn in dieser unheimlichen Tragödie gibt es viele Geheimnisse.«

IV

Die falschen Wechsel

Man schritt nun zu einer eingehenden Untersuchung der eisernen Kasse. Es fand sich kein Geld vor, aber eine große Anzahl von Wertpapieren, auf recht ansehnliche Beträge lautend. In einem kleinen separaten Raum lagen drei kleine Bankbücher von verschiedenen Banken Christianias, bei denen Jaerven viele tausend Kronen eingelegt hatte. Jedes kleinste Ding des Inhaltes wurde aufnotiert und in die feuerfesten Gewölbe der Polizei hinterlegt. Krag bekam noch mehrere Namen für seine Liste der Personen, die mit dem Verschwundenen in Verbindung gestanden hatten. Sobald die notwendigen Formalitäten erledigt waren, begab sich der Detektiv in sein Kontor, um die Papiere durchzusehen. Er setzte sich auf seinen harten lederbezogenen Sessel und breitete die Papiere vor sich auf dem Tisch aus. Dann nahm er eine Handvoll starker Kubazigaretten, legte sie neben sich, zündete eine an und machte sich an die Arbeit.

Wie die meisten Männer, die viel zu denken haben, liebte er es, starken Tabak zu rauchen. Der erste Name auf der Liste war »Stud. med. Jens Isaksen«. Er war für ein Darlehen von 200 Kronen, am Dreiundzwanzigsten fällig, notiert. Der zweite Name war »Schiffskapitän Halvor Bjerk«, auch auf ein Darlehen von 200 Kronen, am Einunddreißigsten fällig. Krag hielt sich nicht weiter bei diesen und einer ganzen Reihe anderer Namen auf. Aber plötzlich zuckte er zusammen. Da stand Kommissionsagent Jens Bruun, 3000 Kronen, am Elften fällig. Gleich darunter stand Leutnant Hjelm, 2000 Kronen, am Zehnten fällig. Da waren noch ein paar kleinere Beträge, die um den Elften herum fällig waren – dem Tage, an dem Jaerven verschwunden war.

Krag sagte sich folgendes: Wenn jemand ein Interesse daran hatte, Jaerven aus dem Weg zu räumen, mußte es einer seiner Schuldner sein, vermutlich einer, der nicht bezahlen konnte. Er hielt sich darum sofort an die zwei großen Beträge. Den des Kommissionsagenten von 3000 Kronen und den des Leutnants von 2000 Kronen. Krag, der sich als langjähriger Polizeibeamter eine ausgedehnte Personalkenntnis erworben hatte, kannte die beiden Herren ganz gut. Leutnant Hjelm war arm wie eine Kirchenmaus; er stand in dem Ruf, an konstanter Geldverlegenheit zu leiden, und man glaubte, daß er in die Krallen der Wucherer gefallen war. Kommissionsagent Bruun hatte seinerzeit recht große Geschäfte gemacht; aber er war in den letzten Jahren zurückgegangen, und sein Kredit hatte erheblich darunter gelitten, daß sein reicher Onkel, Konsul Bruun, die Hand vollständig von ihm abgezogen hatte.

Während der Detektiv noch in diese Gedanken versunken dasaß, trat der Polizeichef zu ihm ein. Krag sah sofort, daß er etwas auf dem Herzen hatte.

»Finden Sie nichts Merkwürdiges an diesem Geldschrank, abgesehen davon, daß er klarerweise einem Einbruch ausgesetzt war?« fragte er.

»Ja,« erwiderte der Detektiv, »an diesem Geldschrank ist allerlei Merkwürdiges. Was sofort in die Augen fällt, ist ja, daß sich nicht ein einziger unbezahlter Wechsel darin vorfindet. Hingegen eine Menge anderer Papiere. Wo hat der Wucherer seine Wechsel?«

»Genau, was ich dachte,« sagte der Chef. »Und ob das nicht so zu verstehen ist, daß mehrere an dem Verbrechen beteiligt waren – und daß sie die Wechsel vernichtet haben?«

»Sehr möglich. Aber das Wahrscheinlichste ist doch, daß Jaerven seine Wertpapiere in der Bank deponiert hat?«

»Das können wir baldigst feststellen,« sagte der Chef, »ich werde sofort telephonieren…«

Er verschwand in sein Kontor. Als er bald darauf zurückkehrte, sagte er:

»Ja, ganz richtig. Jaerven hat ein Safe in dem feuersicheren Gewölbe der Bank gemietet. Da das Gerücht von der vermutlichen Ermordung des Wucherers schon dorthin gedrungen ist und große Bestürzung hervorgerufen hat, hat mir der Bankdirektor die Erlaubnis gegeben, die von Jaerven in der Bank deponierten Papiere zu untersuchen. Ich gehe sofort hin. Sie kommen doch mit?«

Krag erwiderte:

»Für den Augenblick ist es nicht von großem Interesse für mich, diese Papiere zu sehen. Es genügt vollständig, wenn Sie sie untersuchen. Ich habe jetzt anderes vor. Aber ich möchte Sie bitten, mir namentlich eine Information zu verschaffen: Welche Indossenten die Wechsel des Kommissionsagenten Bruun und des Leutnants Hjelm auf 3000 bzw. 2000 Kronen unterschrieben haben. Die Wechsel sind am Zehnten und Elften fällig. Jaerven ist, wie Sie sich erinnern werden, am Zwölften verschwunden.«

Der Polizeichef verstand sofort, was er meinte, und notierte sich die Namen.

»Das habe ich mir auch gedacht,« sagte er, »wenn der Verbrecher einer von Jaervens Schuldnern ist, dann muß es einer sein, dessen Wechsel an dem Tag fällig war, an dem der Wucherer verschwunden ist.«

Damit ging der Chef.

Krag blieb einige Minuten in tiefen Gedanken sitzen, während er seine Zigarette rauchte. Dann stand er plötzlich auf, trat an ein Bücherbrett und nahm einen Adreßkalender heraus. Sobald er gefunden hatte, was er suchte, ging er fort.

Beim nächsten Standplatz nahm er eine Droschke und fuhr in der Richtung der Bygdöer Allee fort.

– – – Unterdessen war der Polizeichef in der Bank angelangt, wo er den Präsidenten der Direktion traf, der ihn sofort in die feuerfesten Gewölbe der Bank geleitete. Hier lagen die Privat-Safes in Reih und Glied. Agent Jaervens Safe trug die Nummer 29; es wurde geöffnet, und man begann sofort die Papiere zu durchsuchen.

Der Polizeichef bat, ihm die zwei Wechsel zu zeigen, die vom Kommissionsagenten Bruun und Leutnant Hjelm unterschrieben waren. Der erste war vom Konsul A. C. Brunn indossiert.

Der Direktor der Bank war sehr erstaunt, als er den Namen des Konsuls auf diesem Wechsel des Wucherers erblickte.

»Das ist doch seltsam,« sagte der Polizeichef, »der Konsul ist so reich, daß man einen Wechsel mit seinem Namen in jeder Bank anbringen kann, da braucht man sich doch nicht erst an einen Wucherer zu wenden.«

»Selbstverständlich,« erwiderte der Bankdirektor, »und wenn der Wechsel auch auf 300 000 Kronen gelautet hatte anstatt auf 3000. Da muß sicherlich etwas dahinterstecken.«

Und er sah dem Polizeichef mit einem bedeutungsvollen Blick in die Augen.

»Es wird jedenfalls notwendig sein, sich der Person dieses Kommissionsagenten zu versichern,« sagte der Polizeichef.

Der Bankdirektor fügte hinzu:

»Aber gleichzeitig möchte ich Sie bitten, seinen Onkel, den Konsul, rufen zu lassen. Hier handelt es sich ja um nichts Geringeres, als daß seine im ganzen Lande bekannte Familie vielleicht durch einen aufsehenerregenden Skandal bemakelt werden soll. Wenn der Wechsel falsch ist – und man ist unleugbar versucht, es zu glauben –, dann bin ich überzeugt, daß der Konsul das Geld bezahlen wird, um den Skandal zu vermeiden.«

Der Polizeichef nickte. Die anderen bemerkten, daß er plötzlich sichtlich bewegt schien. Nach einigen Augenblicken des Schweigens sagte er:

»Hier handelt es sich nicht nur um eine Fälschung.«

Der Direktor zuckte zusammen.

»Was meinen Sie?«

»Wie Sie wissen, spricht alle Wahrscheinlichkeit dafür, daß Jaerven ermordet worden ist.«

»Wir haben es gehört.«

»Und die Polizei nimmt mit Bestimmtheit an, daß der Mörder ein Mann ist, der an einem bestimmten Tag seinen Wechsel nicht einlösen konnte. Jaerven pflegte in solchen Fällen nicht schonend vorzugehen.«

»Das ist wahr.«

»Wenn nun dieser Wechsel, der am Zehnten fällig war, also zwei Tage vor Jaervens Verschwinden, sich als falsch erweist, dann liegt ja die Vermutung nahe, daß der Kommissionsagent zu einem verzweifelten Mittel gegriffen hat, um der Entdeckung der Fälschung zu entgehen. Ein Verbrechen zieht stets ein anderes nach sich.«

»Aber der Kommissionsagent mußte sich doch sagen,« wendete der Bankdirektor ein, »daß die Fälschung ja doch früher oder später entdeckt werden mußte, da der Wechsel ja nicht beseitigt werden konnte.«

»Es hat sich aber gezeigt, daß der Mörder die eiserne Kasse des Wucherers, sowie andere Aufbewahrungsorte durchstöbert hat, um ihn zu finden. Es ist ganz klar, daß er im Besitz der Schlüssel des Wucherers gewesen sein muß. Er hat die äußere Tür mit dem richtigen Schlüssel geöffnet; aber um in das innerste Fach der eisernen Kasse zu gelangen, mußte er Gewalt anwenden. Vermutlich hat der Wucherer den Schlüssel zu diesem Fach nicht bei sich getragen.«

»Es liegt ja nahe, anzunehmen, daß der Betreffende nach seinem Wechsel gesucht hat,« warf der Bankdirektor ein. »Und wenn er soviel wie einen Mord wagte, um ihn zu erlangen, dann muß es —«

Der Bankdirektor hielt inne und sah den Polizisten an.

Dieser ergänzte:

»Dann muß der Wechsel falsch gewesen sein.«

»Ich verfolge den Gedanken weiter,« fuhr der Direktor fort, »wenn nun der Wechsel dieses Kommissionsagenten falsch ist, dann muß zweifellos der Verdacht auf ihn fallen.«

Der Chef des Sicherheitsbureaus nickte.

»Das wollen wir eben feststellen,« sagte er.

Der Polizist und der Bankdirektor verließen zusammen die Lokale der Bank und begaben sich sofort in das Polizeigebäude.

Aber vorher telephonierte der Polizeichef eine Order in das Detektivbureau. Es war die Weisung, den Kommissionsagenten Bruun zu einem Verhör zu zitieren.

Der Polizeichef hatte noch nicht lange in seinem Kontor gewartet, als der Kommissionsagent sich einfand. Es war ein kleiner, lebhafter Mann mit etwas fieberhaftem Wesen, beinahe ganz glatzköpfig, einem rotbraunen Bärtchen unter der Nase und zwei wasserblauen Augen.

Er war sichtlich sehr unruhig, als er vor die Schranke geführt wurde.

Der Polizeichef notierte seinen Namen und sein Alter. Er war dreißig Jahre alt.

»Haben Sie etwas von dem Verschwinden des Agenten Jaerven gehört?« fragte der Chef.

Bruun wurde noch unruhiger.

»Nein,« antwortete er, »das habe ich nicht.«

»So? Jaerven ist seit dem Zwölften verschwunden. Das müssen Sie doch gehört haben. Sie haben ja Geschäftsverbindungen mit ihm gehabt.«

Der Agent nickte.

»Das habe ich,« erwiderte er, »mehrere Jahre hindurch — — leider,« fügte er dumpf hinzu.

»Da die Polizei Grund hat, anzunehmen, daß Jaerven tot ist, hat sie seine Papiere beschlagnahmt.«

Der Polizist zog einen Wechsel aus dem Stoß hervor.

»Dieses Papier hier«, fuhr er fort, »ist ein Wechsel auf 3000 Kronen, von Ihnen ausgestellt. Der Wechsel ist von Ihrem Onkel, dem Konsul, indossiert. Er war am Elften fällig, dem Tage, bevor Jaerven verschwand. Warum haben Sie den Wechsel nicht eingelöst?«

»Es ist mir unmöglich gewesen. Ich versuchte, eine Teilzahlung zu leisten, aber davon wollte Jaerven nichts hören. Er wollte alles auf einmal haben. Schließlich ging er darauf ein, mir eine Frist zu gewähren.«

»Wie lange?«

»Bis zum Fünfundzwanzigsten.«

»Das ist erstaunlich. Pflegte Jaerven Fristen zu gewähren?«

»Nein.«

»Aber warum war er gerade Ihnen gegenüber so liebenswürdig?«

Der Kommissionsagent lächelte.

»Wahrscheinlich war er seines Geldes sicher.«

»Ja, Ihr Herr Onkel hat ja den Wechsel indossiert.«

»Nun eben.«

Es entstand eine kleine Pause.

Dann fragte der Polizeichef:

»Aber wenn Sie den ausgezeichneten, geldkräftigen Namen Ihres Onkels auf dem Wechsel hatten, warum wandten Sie sich da nicht an eine Bank, anstatt an einen Wucherer? Hier sitzt ein Bankdirektor! Er würde sicherlich den Wechsel diskontiert haben. Nicht wahr?«

»Absolut,« erwiderte der Bankdirektor, »auch wenn er auf 300 000 Kronen gelautet hätte.«

»Das dachte ich mir. Also: Warum gingen Sie zu diesem berüchtigten Wucherer?«

Der Kommissionsagent war jetzt außerordentlich nervös geworden. Es sah aus, als beschäftigte sich sein Gehirn mit etwas ganz anderem, als diesen inquisitorischen Fragen und Antworten über den Wechsel.

»Ich ging zu Jaerven,« erklärte er, »weil ich mehrere Jahre hindurch in Geschäftsverbindung mit ihm gestanden bin. Ich wollte ihm ganz gerne Gelegenheit geben, das bißchen Diskonto zu verdienen.«

Hier lächelte er wieder in seiner sonderbaren, hoffnungslosen Weise.

»Wie viel?« fragte der Polizeichef.

Der Agent fuhr sich mit der Hand über die Stirne und seine Augen bekamen einen gequälten Ausdruck.

»200 Prozent,« sagte er.

Der Chef erhob sich plötzlich und gab einem anwesenden Bedienten eine Weisung. Der Mann entfernte sich sofort.

Die Stimme des Polizisten hatte nun einen scharfen und harten Klang.

»Das kann nicht mit rechten Dingen zugehen,« sagte er; »ich habe Ihren Herrn Onkel holen lassen. Er ist vermutlich jetzt in seinem Kontor, so daß es nicht lange dauern wird, bis er hier sein kann.«

Der Kommissionsagent hatte sich inzwischen müde und niedergeschlagen auf eine Bank gesetzt.

»Ich kann mir ja denken, daß Sie schwere Geldsorgen hatten und noch haben,« warf der Polizeichef hin.

»Ja, das habe ich.«

»Warum hilft Ihnen Ihr Onkel nicht mehr?«

Der junge Mann entdeckte sofort die Falle.

»Das tut er ja,« sagte er. »Ist dieser Wechsel nicht ein Beweis dafür? Er hat sich ja für 3000 Kronen verbürgt.«

Der Polizeichef unterbrach ihn hart:

»Wir glauben Ihnen nicht. Der Wechsel muß falsch sein.«

Im selben Augenblick öffnete sich die Tür. Es war Asbjörn Krag, der hereinkam. Er warf einen raschen Blick um sich, erkannte den jungen Agenten und war sofort über die Situation orientiert.

Der Polizeichef reichte dem Detektiv den Wechsel.

»Hier ist das Papier,« sagte er, »glauben Sie, daß es falsch ist?«

Krag sah es einen Moment an und legte es dann auf den Tisch zurück.

»Ja,« erwiderte er, »es kann schon sein.«

Aber der Agent lächelte nur.

»Wir werden ja sehen,« murmelte er.

Wieder öffnete sich die Tür.

Diesmal kam ein alter, graubärtiger Herr herein.

Es war Konsul Bruun, einer der reichsten Männer der Stadt.

Er würdigte seinen Neffen keines Blickes, sondern ging gelassen auf den Polizeichef zu.

»Um was handelt es sich?«

Der Chef, der sich erhoben und höflich verbeugt hatte, erwiderte, indem er dem Konsul den Wechsel reichte:

»Wir möchten gerne feststellen, ob Ihre Unterschrift auf diesem Wechsel echt ist.«

Der Konsul warf einen verdutzten Blick auf den Wechsel und sah dann seinen Neffen an.

Dieser war ebenfalls aufgestanden.

»Denke dir nur, Onkel,« sagte er, »man bezichtigt mich, deinen Namen gefälscht zu haben. Denke dir nur, welche Anschuldigung – Schmach und Schande über meine geachtete und im ganzen Lande bekannte Familie zu bringen!«

Der Konsul machte einen Schritt vorwärts, alles an ihm bebte vor Erregung.

»Sind noch mehr da? Andere, außer diesem?« fragte er.

»Nein, Onkel.«

»Gut, meine Herren, der Wechsel ist nicht gefälscht.«

Er warf das Papier auf den Tisch und machte sich zum Gehen bereit.

Aber der Polizeichef bat ihn zu warten.

»Noch eins! Ich möchte Ihren Neffen noch gern etwas fragen. Jaerven verschwand am Elften abends; wahrscheinlich ist er an diesem Tage ermordet worden. Können Sie, Herr Agent Brunn, mir ausführlich erzählen, was Sie an diesem Tage von acht Uhr abends an unternommen haben? Sie sind sich klar darüber, welchen Tag ich meine –?«

»Ja.«

»Schön, können Sie uns etwas darüber erzählen?«

Der junge Mann war plötzlich totenblaß geworden.

Einige Sekunden herrschte Schweigen.

»Nein,« sagte er, »das kann ich nicht!«

Der Bankdirektor sprang von seinem Sessel auf.

Der Konsul starrte seinen Neffen mit weitgeöffneten, entsetzten Augen an.

Der Polizeichef näherte sich dem jungen Mann.

»Dann muß ich Sie, als des Mordes verdächtig, verhaften,« sagte er teilnehmend, aber zugleich mit furchtbarem Ernst.

Doch ganz drüben an der Türe stand Asbjörn Krag, der berühmte Detektiv. Ein eigentümliches Lächeln spielte um seine Lippen. Man hätte ihn murmeln hören können:

»Ach, wie blind sie doch sind!«

»Mord,« murmelte der Konsul entsetzt, »das kann doch nicht möglich sein.«

Der Polizeichef, der stark bewegt schien, erwiderte:

»Alles spricht gegen Ihren Neffen.

Wir verstehen sehr wohl, Herr Konsul, daß der Wechsel, obwohl Sie es selbst in Abrede stellen, falsch ist. Sie wollen Ihren geachteten Familiennamen nicht durch einen solchen Skandal beflecken und bezahlen deshalb die 3000 Kronen, anstatt zu gestehen, daß Ihr Neffe Ihren Namen gefälscht hat.«

Der alte, weißhaarige Herr sah starr vor sich hin.

Der Polizeichef fuhr fort:

»Das ist nun eine Sache für sich. Ihr Neffe wird vermutlich nicht der Fälschung angeklagt werden. Nun hören Sie aber, worauf wir unsere Anklage des Mordes basieren.

Wir setzen voraus, daß der Wechsel falsch ist.

Der Wechsel ist am Elften fällig.

Am selben Tage bekommt der Wucherer einen Brief mit der Aufforderung, sich an einem näher bezeichneten Ort einzufinden und den ›kleinen Blauen‹ mitzubringen. Mit dem ›kleinen Blauen‹ ist natürlich der Wechsel gemeint. Nun gut, der Wucherer findet sich an dem Orte ein und hat den Wechsel mit. Er trifft Ihren Neffen, der um Aufschub bittet, möglicherweise will er eine Teilzahlung leisten. Darauf geht der Wucherer nicht ein. Schließlich erlangt er Aufschub bis zum folgenden Tag. Da trifft er Ihren Neffen an demselben Ort. Aber Ihr Neffe hat noch immer kein Geld. Es kommt zu einer Szene. Ihr Neffe sieht im Geist den Skandal hereinbrechen. Ein Wort gibt das andere. Der Wucherer ist unbarmherzig, grausam, und –«

Der Konsul, der sehr bleich geworden ist, unterbricht:

»Aber wenn nun mein Neffe sein Alibi nachweisen, Ihnen von Minute zu Minute erzählen kann, wo er an diesem Abend gewesen ist?«

Der Polizeichef sieht den jungen Kommissionsagenten an, der in hoffnungslose, verwirrte Gedanken versunken zu sein scheint.

»Ja, wenn er das kann,« sagte er, »nichts könnte mir lieber sein. Ich habe das aufrichtigste Mitleid mit ihm. Und mit Ihnen.«

Der junge Mann erhebt sich.

»Nein,« sagte er nur.

»Sie können uns also nicht erzählen, wo Sie gewesen sind?«

»Ich kann, aber ich will nicht.«

»Und Sie gestehen den Mord?«

»Welchen Mord?«

»Den Mord an dem Wucherer Jaerven.«

»Nein. Ich weiß nichts davon.«

»Ihre Sache steht sehr schlecht.«

»Zweifellos.«

Der junge Mann sprach ruhig und gefaßt.

»Sie sind also verhaftet.«

»Sehr wohl.«

»Das ist doch furchtbar!« rief der Konsul. »Ich kann es nicht glauben.«

Da geht der junge Mann auf seinen Onkel zu.

»Es ist nicht wahr,« sagte er; »ich habe ihn nicht getötet. Ich begreife nicht, daß man mir etwas Derartiges zutrauen kann.«

Der Konsul sah ratlos von einem zum anderen.

Sein Blick blieb an Asbjörn Krag hängen.

»Das ist der Mann, der mit der Untersuchung der Sache betraut war,« bemerkte der Polizeichef.

»So, Sie sind es also, der dieses Netz um meinen Neffen gesponnen hat?«

Der Detektiv trat einen Schritt näher.

»Nein,« sagte er, »Ihr Neffe ist durch ein unglückliches Spiel des Zufalls in all dies verstrickt worden, das sich für den Augenblick dicht um ihn zusammenzuschnüren scheint.«

Der Konsul wurde plötzlich eifrig.

»Glauben Sie an seine Schuld?«

Krag lächelte.

»Er ist ja verhaftet. Er kann sich nicht ausweisen. Alles spricht dafür, daß er der Verbrecher ist. Wie der Herr Polizeichef eben sagte: Seine Sache steht sehr schlecht. Ich sehe keinen anderen Ausweg, als ihn in den Arrest zu bringen – vorläufig.«

»Gut,« sagte der Polizeichef, »es bleibt nichts anderes übrig.«

Ein Bediensteter kam herein, und der junge Mann ließ sich bereitwillig in das Gefängnis führen. Er war furchtbar ernst. Der Konsul setzte sich auf eine der Bänke und vergrub das Gesicht in den Händen.

Es war ein sehr bewegter Augenblick. Selbst die ernsten Polizeileute fühlten sich stark ergriffen.

Da sagte Asbjörn Krag:

»Ich wollte den jungen Mann nicht hören lassen, was ich vorzubringen habe. Er ist unschuldig.«

Der Polizeichef fuhr zusammen. Der kalte, ernste Bankdirektor drehte sich halb zu dem Detektiv um und starrte ihn an.

»Glauben Sie?« fragte er.

»Ich glaube es nicht nur, ich bin davon überzeugt.«

»Ich verstehe nicht, was Sie meinen?« warf der Polizeichef halb unwillig ein. »Der Mann kann doch nicht Bescheid geben, wo er am Zwölften – am Tage von Jaervens Verschwinden – gewesen ist.«

»Dieses Datum hat auch keinerlei Bedeutung.«

»Jetzt kann ich absolut nicht mehr mit.«

Asbjörn Krag fuhr fort:

»Sie bemerkten doch eben, daß ich die Untersuchungen vorgenommen habe. Sie müssen also auch zugeben, daß ich eine ganz andere Kenntnis der Sachlage besitze, als Sie.«

»Aber die Tatsachen sprechen.«

»Gewiß. Die Tatsachen sprechen dafür, daß Agent Bruun nicht der Mörder ist. Hat man je einen Mörder seine Sache so schlecht führen sehen, wie diesen jungen Mann? Selbst wenn ich mich an gar nichts anderes zu halten hätte, müßte ich schon aus seinem Auftreten allein den bestimmten Eindruck gewinnen, daß er unschuldig ist.«

Der Polizeichef begann sichtlich etwas unsicher zu werden.

»Aber wer ist dann der Mörder?«

»Das weiß ich noch nicht. Aber ich bin auf der Spur. Ich verlange eine Stunde zu meiner Verfügung, und wenn diese Zeit um ist, werde ich Ihnen sagen, wann das Verbrechen geschehen ist.«

Krag verließ das Kontor.

»Was glauben Sie?« fragte der Bankdirektor.

Der Polizeichef erwiderte:

»Dieser Mann hat immer Überraschungen für einen.«

Der Konsul fragte:

»Ist Hoffnung?«

»Es sieht düster aus. Aber wenn mein tüchtigster Detektiv es sagt, muß doch wohl Hoffnung sein.«

Er war unruhig und nervös geworden.

Der Konsul fuhr fort:

»Dann müssen wir ja dankbar sein, daß wir einen solchen Spürhund haben. Ich habe das Gefühl, daß hier ein schlimmer Mißgriff begangen worden ist.«

Nach kurzer Zeit trennten sich die Herren. Sie hatten sich geeinigt, vorläufig alles streng geheimzuhalten. Der Konsul sollte in seinem Kontor den Bescheid über das Resultat von Asbjörn Krags Untersuchungen abwarten.

Zur bestimmten Zeit kehrte der Detektiv zurück.

»Ich bin sehr gespannt,« sagte der Polizeichef; »sollten wir uns geirrt haben, so wäre das schrecklich. Ich war eben bei dem Gefangenen. Er ist außerordentlich niedergedrückt, beinahe verzweifelt.«

Krag nahm Platz.

Einige Minuten saß er schweigend da.

Plötzlich sagte er:

»Das ist doch eine ganz eigentümliche Sache. Ich stehe erst noch am Anfang; ich ahne vieles; aber bis jetzt konnte ich nur einen einzigen, kleinen Strahl in das Geheimnis des Verbrechens werfen. Erinnern Sie sich an den Mann, nach dem wir annonciert haben?«

»Ja.«

»Sie erinnern sich, er erzählte, daß er am Zwölften bei Jaerven gewesen war, um ein Darlehen zu verlangen. Er wurde nicht eingelassen.«

»Ganz richtig.«

»Und schließlich guckte er durchs Schlüsselloch und sah Jaerven mit dem Rücken gegen die Türe stehen.«

»Gewiß. Und was weiter?«

»Als Jaerven merkte, daß er beobachtet wurde, retirierte er gegen die Tür und deckte das Schlüsselloch mit der Hand zu.«

»Ja, ganz richtig.«

»Finden Sie nichts Merkwürdiges daran?«

»Es wäre nur, daß er rücklings ging.«

Der Detektiv nickte und lächelte.

»Was mir zuerst auffiel,« sagte er, »war, daß er überhaupt an diesem Tage niemand einlassen wollte. Absolut keinen Menschen, nicht einmal seine Hauswirtin. Dann kam mir sein Benehmen, das Schlüsselloch zuzudecken, recht verdächtig vor.«

»Ja! Warum ging er denn nicht gerade vor?«

»Natürlich deshalb,« erwiderte Krag, »damit der Mann, der vor der Tür stand, sein Gesicht nicht sehen sollte.«

Der Polizeichef war aufgesprungen und begann im Zimmer hin und her zu gehen.

»Ich verstehe noch nicht so recht, wo Sie hinaus wollen.«

Krag umging die Frage.

»Am Elften«, sagte er, »erhielt Jaerven die Aufforderung, mit dem ›kleinen Blauen‹ in die Höhle zu kommen. Und er ging hin.«

Einen Augenblick herrschte Schweigen.

Krag fuhr fort, indem er jedes Wort betonte:

»Am Elften abends ist Jaerven getötet worden.«

Der Polizeichef zuckte zusammen.

»Aber er begab sich doch von seinem Besuch in der Höhle um zwölf Uhr nach Hause. Schlief nachts in seinem Zimmer, brachte den ganzen folgenden Tag da zu und ging abends wieder fort. Die Wirtin hat ihn doch gehört und gesehen.«

»Ich halte daran fest, daß Jaerven am Elften getötet worden ist.«

»Aber wer war dann der Mann, der sich die ganze Nacht und den Zwölften tagsüber in Jaervens Wohnung aufhielt?«

Der Detektiv lächelte:

»Das ist doch ganz klar,« sagte er, »das war natürlich der Mörder.«

V

Das Korpus delikti

Als der Polizeichef die Sache noch einmal in allen Einzelheiten überdacht hatte, wurde es ihm ganz klar, daß der arretierte Kommissionsagent nicht der Mörder Jaervens sein konnte. Er begab sich zu ihm in die Zelle und erklärte, daß neue Umstände an den Tag gekommen seien, aus denen seine Unschuld hervorzugehen scheine.

Während Asbjörn Krag zuhörte, gab nun der junge Mann eine längere Erklärung, wo er sich am Elften ausgehalten hatte. Er sagte Dinge, die er das vorige Mal in Gegenwart des Onkels weder mitteilen konnte noch wollte.

Als er zu Ende gesprochen hatte, sagte Krag:

»Das stimmt alles.«

»Woher können Sie das wissen?« fragte der Polizeichef.

»Weil ich es schon früher untersucht habe. Ich war eine Zeitlang auch geneigt, den Agenten Bruun zu verdächtigen, aber ich bin wieder davon abgekommen.«

Der Polizeichef hatte nun nichts anderes zu tun, als den Kommissionsagenten freizugeben. Der Konsul wurde davon benachrichtigt.

Als dies erledigt war, sagte der Chef:

»Jetzt stehen wir also auf grundlosem Boden.«

»Kann schon sein.«

»Wie wollen Sie nun den Schuldigen fassen?«

»Vorerst ist etwas anderes wichtiger.«

»Und das wäre?«

»Zu beweisen, daß der Mord am Elften und nicht am Zwölften verübt worden ist. Glauben Sie, irgendeine Jury in Norwegen würde es auf die Indizien hin, die wir jetzt haben, wagen, jemanden zu verurteilen?«

»Da haben Sie recht.«

»Vorläufig ist es von Wichtigkeit, daß niemand ahnt, daß wir uns auf der richtigen Fährte befinden. Der Mörder hat das Ganze so verblüffend klar und raffiniert ausgeklügelt, und es ist ihm so gut gelungen, daß er sich ganz sicher fühlt. Lassen wir ihn in diesem Glauben!«

»Wissen Sie, wer der Mörder ist?«

»Nein, aber ich ahne es.«

»Sie wissen sicherlich mehr, als Sie verraten wollen?«

»So ist es immer bei mir,« sagte Asbjörn Krag liebenswürdig.

»Was wollen Sie jetzt tun?«

Er sah, daß der Detektiv sich bereit machte, das Kontor zu verlassen.

»Ich gehe auf die Suche,« sagte der Detektiv.

»Auf die Suche? Nach wem?«

»Nach einer roten Perücke.«

»Einer roten Perücke?«

»Gewiß, der Ermordete hatte doch rotes Haar.«

»Aha, ich verstehe.«

Damit ging Krag.

Vor dem Bahnhof fand er eine Droschke und fuhr darin in die Stadt.

Vor einem Friseurgeschäft blieb er stehen und trat ein. Der Friseur kannte ihn nicht.

Krag bat ihn, ihm einige Perücken zu zeigen, die er für einen Kostümball benützen konnte, und der Friseur legte einen großen Stoß vor ihn hin.

Aber nichts davon schien dem Geschmack des Detektivs zu entsprechen.

Er erging sich des langen und breiten, wie sie ausschauen sollte. Sie müßte vor allem rot sein usw., von einer ganz bestimmten roten Farbe.

»Ich habe nämlich einen guten Freund,« sagte Krag, »der hat mir erzählt, daß er kürzlich bei Ihnen gewesen ist und sich eine rote Perücke gekauft hat. Gerade eine solche würde ich brauchen. Es handelt sich nämlich um einen kleinen Faschingsscherz. Erinnern Sie sich nicht an den Herrn?«

Der Friseur durchforschte sein Gedächtnis, aber er konnte sich absolut nicht erinnern. Die längste Zeit war niemand dagewesen, der eine rote Perücke gekauft hatte. Es war ja auch ein seltener Artikel.

Krag durchsuchte noch einmal das ganze Perückenlager; aber da er keine fand, die ihn zufriedenstellte, bat er den Friseur um Entschuldigung und ging.

Er fuhr einige Straßen weiter und blieb vor dem nächsten Friseur und Perückenmacher stehen.

Auch hier wurde seine Wißbegierde nicht befriedigt. Das Geschäft hatte seit einem Jahre keine rote Perücke verkauft.

Aber Krag ließ den Mut nicht sinken. Er fuhr durch die ganze Stadt, von einem Friseur zum anderen. Er war nicht umsonst als der ausdauerndste Detektiv von drei Königreichen bekannt.

Mehrere Stunden vergingen damit. Es wurde immer dunkler.

Krag begann schon zu fürchten, daß er seine Tätigkeit für diesen Tag einstellen mußte. Aber plötzlich kommt ihm ein Gedanke. Er bittet den Kutscher, so rasch, als das Pferd nur laufen kann, in den östlichen Stadtteil zu fahren.

Es geht im hurtigen Trab nach Oslo. Hier bleibt der Wagen stehen. Krag steigt aus, bezahlt den Kutscher und trägt ihm auf, zurückzufahren.

Der Detektiv geht die Häuserreihe entlang. Vor einem kleinen zweistöckigen Haus macht er halt. Im Hofe ist ein Tabakladen und daneben eine Barbierstube. Der Detektiv tritt in den Tabakladen, wo es nach alten, schlechten Zigarren stinkt. Eine Oellampe hängt am Plafond und raucht. Ein schmaler Holzsessel steht vor dem Ladentisch.

Der Detektiv wartet ein Weilchen. Endlich öffnet sich eine Tür, die in die Barbierstube führt, und ein alter Mann, in Schürze und einer einstmals weißen Mütze zeigt sich. Das Haar hängt ihm in Strähnen über die Ohren. Er hat keine Manschetten, und der Kragen ist nichts weniger als tadellos. Er muß offenbar sehr schwache Augen haben, denn er trägt Brillen mit starken, dicken Gläsern.

Der Detektiv nimmt ruhig auf dem Sessel Platz.

»Na,« sagt er gemütlich, »wie geht das Geschäft?«

Der Mann, der den Detektiv offenbar nicht erkennt, antwortet:

»Danke, nicht glänzend. Was die Barbierstube betrifft, so hat sie jetzt eine arge Konkurrenz in dem eleganten Salon dort oben an der Ecke. Und Zigarren wollen die Leute nicht mehr rauchen. Ach nein, es geht nicht glänzend.«

»Aber Sie sind doch gewiß noch ebenso geschickt darin, die Leute zu maskieren, alter Johnson!«

Der Mann zuckte zusammen.

»Ach nein,« sagte er, »damit habe ich aufgehört. Das hat sich nicht gelohnt.«

»Aber Ihre berühmten Perücken finden doch noch immer Absatz, nicht wahr?«

»Sehr selten,« erwiderte der Mann ausweichend.

Plötzlich fragte Krag:

»Es war doch kürzlich jemand hier, der eine rote Perücke gekauft hat?«

»Nein,« erwiderte der Alte nach kurzem Nachdenken.

Da beugte sich der Detektiv zu ihm vor:

»Sie erinnern sich wohl nicht genau, mein lieber, alter Johnson?«

Der Barbier sah den Detektiv durch seine Brillengläser starr an.

»Herr Jesus, sind Sie es?« sagte er; »bin ich erschrocken!«

»Na, endlich erkennen Sie mich; ich brauche Sie doch nicht erst an damals zu erinnern, wo ich Ihnen mit diesen amerikanischen Geldscheinen so glänzend geholfen habe? Wo wären Sie heute, Johnson, wenn Asbjörn Krag sich damals nicht ins Mittel gelegt hätte.«

»Pst!«

»Gut. Also, wie lange ist es her, seit Sie die rote Perücke verkauft haben?«

»Ich pflege meine Kunden nicht zu verraten.«

»Ich will es aber wissen.«

Der Detektiv erhob sich, und der alte Barbier hinter dem Ladentisch wurde noch unruhiger.

»Es wird jetzt so ungefähr drei Wochen her sein,« sagte er.

Der Detektiv bemeisterte seine Spannung und fragte ganz ruhig:

»Wie heißt der junge Mann, der die Perücke gekauft hat?«

»Es war kein junger Mann.«

»So war es wohl ein alter?«

»Nein, es war eine Dame.«

»Eine Dame!« Krag überlegte einige Minuten, er war überrascht.

»Kennen Sie sie?«

»Nein, ich habe sie nie gesehen.«

»Ein Wort von mir – und ich kann Sie noch heute ins Gefängnis bringen, Johnson.«

»Ich schwöre. Ich kenne sie nicht. Es war eine feine Dame.«

»Jung?«

»Nein, nicht so ganz jung.«

»Wie sah sie aus?«

»Wie Damen in den dreißiger Jahren auszusehen pflegen. Schlank, dunkel, mit großen, schönen Augen. Sie hatte eine weiße Federboa um den Hals und stahlblaue Handschuhe in den Händen. Sie hat die Perücke gekauft. Ich habe zwanzig Kronen dafür bekommen.«

»Und sie hat keine Adresse angegeben?«

»Nein.«

»Gut. Ich komme morgen zu Ihnen, um mir nähere Aufklärungen zu verschaffen. Aber Sie müssen meinen Besuch streng geheimhalten.«

»Kein Wort wird über meine Lippen kommen.«

»Adieu!«

Der Detektiv ging. Beim nächsten Standplatz nahm er eine Droschke zum Polizeigebäude zurück. Eine Viertelstunde später fuhr er Müllerstraße Nummer 19 vor.

Es war nun ganz dunkel geworden.

Als er aus dem Wagen ausstieg, erwartete ihn der Polizeichef auf der Vortreppe des Gebäudes. Er hatte einen Regenmantel an, denn ein Platzregen ging nieder, und die Straßen waren ganz aufgeweicht und schmutzig.

Der Polizeichef war sehr ernst.

»Gut, daß Sie kommen,« sagte er.

»Ist etwas Neues los?«

»Ja. Man hat Jaervens Leiche gefunden!«

Ein leichter Schauer schüttelte den Detektiv.

»Wo?« fragte er.

»Oben in einer der Ziegeleien. Wir wollen gleich hinfahren!«

Krag stieg wieder in den Wagen, diesmal in Gesellschaft des Polizeichefs.

Unterwegs wurden nicht viele Worte zwischen den beiden gewechselt.

Krag fragte:

»Die Leiche ist doch unberührt?«

»Ja,« erwiderte der Polizeichefs, »die ganze Ziegelei ist abgesperrt.«

In einer Stunde waren sie vor dem Ziegelwerk angelangt, das ein gutes Stück vor der Stadt lag.

Von einem der anwesenden Polizisten wurden sie in eines der Trockenhäuser der Ziegelei geleitet.

In einer Ecke neben einem hohen Ziegelhaufen lag ein Bündel.

Das war die Leiche des Wucherers Jaerven.

Der Detektiv sah sich einen Augenblick um.

»Hier ist er nicht getötet worden,« sagte er in entschiedenem Ton.

Er ging zur Leiche hin. Nun war er ganz ruhig.

Der Polizeichef trat ebenfalls näher.

»Wir sind auf der richtigen Spur,« sagte Asbjörn Krag, »sehen Sie, daß Jaervens Hut und sein grüner Rock fort sind?«

Der Detektiv entfernte ein Tuch, das über das Gesicht des Toten gebreitet war.

Der Polizeichef wich zurück, unwillkürlich.

Der ganze vordere Teil des Kopfes war durch einen fürchterlichen Schlag zertrümmert – vermutlich mit einer Axt. Das rote Haar des Ermordeten war gräßlich mit Blut verklebt.

»Er hat etwas in seiner linken Hand.«

»Ich sehe,« gab Krag zurück und entfernte einen Gegenstand, den der Wucherer vermutlich in den letzten Augenblicken seines Lebens krampfhaft umklammert hatte.

Der Detektiv hielt den Gegenstand gegen das Licht der Blendlaterne.

Es war ein stahlblauer Damenhandschuh.

Krag ersuchte, noch mehr Laternen zu bringen.

Einer der anwesenden Polizisten lief in das Kontor der Ziegelei und holte drei große Paraffinlaternen. Als sie angezündet waren, wurde es in dem Trockenraum sehr hell.

Krag begann sofort den Boden zu untersuchen, der aus hartgestampftem Lehm bestand. Er kroch aus allen vieren herum, das Gesicht dicht an die Erde gedrückt, und in dieser Stellung war er einem Spürhund nicht unähnlich.

Seine Untersuchung des Bodens nahm etwa eine Viertelstunde in Anspruch.

Dann begann er die Leiche zu untersuchen. Der tote Wucherer trug noch seine Uhr, die auf elf stehengeblieben war. Sein Portefeuille lag unberührt in der Tasche und in einem der Fächer lagen ein Hundertkronenschein und einige Fünfkronennoten. Ein Raubmord war also ausgeschlossen.

Der Polizeichef stand die ganze Zeit regungslos da und beobachtete mit gespanntem Interesse den Detektiv bei seinen Untersuchungen.

Als Asbjörn Krag fertig war, fragte er:

»Haben Sie etwas gefunden?«

Der Detektiv nickte.

»Sind Sie jetzt fertig?«

»Ja.«

»Können wir die Leiche fortschaffen?«

»Ja.«

Die zwei Polizeileute verließen den unheimlichen Ort. In der Nähe wartete der Wagen; sie stiegen ein und rollten der Stadt zu, die unter ihnen lag und mit ihren tausend kleinen Lichtpünktchen funkelte.

Unterwegs fragte der Polizeichef:

»Ist die Sache verwickelter geworden?«

»Nein, sie ist einfacher geworden.«

»Aber dieser Damenhandschuh! Wie erklären Sie sich den? Eine Dame kann doch den Wucherer nicht totgeschlagen haben?«

»Nein, es war ein Mann. Obendrein ein kräftiger Mann.«

Der Detektiv antwortete kurz. Er war offenbar intensiv mit seinen Gedanken beschäftigt.

Nach einiger Zeit fragte der Polizeichef:

»Es sind also ihrer zwei gewesen?«

»Ja,« erwiderte Asbjörn Krag, »es sieht so aus.«

»Eine Dame und ein Mann?«

»Wahrscheinlich.«

»Ahnen Sie, wer es sein kann?«

»Absolut nicht.«

»Aber das ist ja furchtbar. Wenn es nicht der Kommissionsagent ist, so muß es doch ein anderer von Jaervens Schuldnern gewesen sein. War da nicht ein Leutnant, der auch ein Papier hatte, das ungefähr am Elften fällig war?«

»Ja, aber der ist es nicht.«

»Wie können Sie das wissen?«

»Weil ich es untersucht habe,« erwiderte der Detektiv etwas spitz.

»Aber der ›kleine Blaue‹, den der Wucherer an diesem Abend mitbringen sollte, das muß doch ein Wechsel sein.«

»Ich war im Anfang geneigt, es zu glauben. Jetzt glaube ich es nicht mehr. Der mystische ›kleine Blaue‹ kann kein Wechsel sein.«

»Warum nicht?«

»Es ist unwahrscheinlich. Das Verbrechen ist von Leuten begangen worden, in deren Macht es stand, sich einige wenige Tausende in kurzer Frist zu verschaffen. Bedenken Sie doch, was sie bei diesem Mord riskiert haben.«

»Aber wie sollen wir ihnen auf die Spur kommen?«

Krag wies plötzlich den Weg hinunter.

»Sehen Sie das Licht dort unten?« fragte er.

»Jawohl. Es ist das Licht aus einem kleinen Häuschen.«

»Ganz richtig. Bleiben wir dort stehen, dann kommen wir vielleicht der Spur näher.«

Sie ließen den Wagen halten und stiegen aus.

In dem Häuschen fanden sie einen alten Mann in Hemdärmeln, der an einem Tisch saß und las. Er war nicht wenig erstaunt, als er die Uniform des Polizeichefs erblickte.

»Wir möchten gerne einige Auskünfte von Ihnen haben,« sagte Krag; »es handelt sich um ein Verbrechen, das begangen worden ist.«

Der Mann bat die Herren, Platz zu nehmen.

Krag fuhr fort:

»Ihr Häuschen liegt recht isoliert hier am Wege. Fahren oft Wagen vorbei?«

»Ach ja,« erwiderte der Mann, »es fahren schon viele vorbei. Namentlich tagsüber.«

»Aber wohl meist Lastwagen?«

»Kommt es nicht vor, daß der eine oder andere Herrschaftswagen vorbeifährt?«

»Ach nein, das passiert in dieser Gegend selten,« erwiderte der Mann mit einem Lächeln, »es sind fast immer die Wagen von der Ziegelei.«

»Aber an einem Abend, vor etwa vierzehn Tagen, ist doch ein Herrschaftswagen hier vorbeigefahren,« sagte der Detektiv. »Können Sie sich nicht daran erinnern? Ein junger Kutscher hat ihn kutschiert.«

»Ja,« erwiderte der Mann, sichtlich nicht begreifend, was das mit dem Verbrechen zu tun haben konnte; »aber es saß auch eine Dame im Wagen.«

Der Polizeichef zuckte zusammen.

»Ganz richtig,« sagte der Detektiv, »es saß auch eine Dame darin. Sind Sie vielleicht mit ihnen ins Gespräch gekommen?«

»Ja. Der Wagen blieb hier draußen stehen, und eine Männerstimme rief nach mir. Als ich herauskam, sah ich deutlich, daß zwei im Wagen saßen, aber es war zu dunkel, um zu sehen, wie sie angezogen waren. Es kam mir vor, daß der Mann einen Vollbart hatte.«

»Was für ein Wagen war es denn?«

»Ein kleines Korbwägelchen.«

»Und was wollte der Herr von Ihnen?«

»Er wollte den Weg zur Villa Sand wissen. Den sagte ich ihm.«

»Die Villa Sand,« sagte der Detektiv, »ist das nicht die, die dort oben links von der Ziegelei liegt?«

»Ja, das habe ich ihm auch gesagt. Aber da fragte der Herr: Nicht wahr, das ist ja diese Ziegelei, wo der Betrieb jetzt stillsteht? Ich antwortete: ja. Dann wollte er noch wissen, ob überhaupt Leute in der Ziegelei oben seien.«

»Und es sind keine da?«

»Nein, das habe ich ihm auch gesagt. Dann fuhr er wieder weiter.«

»Finden Sie es nicht merkwürdig, daß er Sie so genau nach der Ziegelei ausfragte, wenn er doch in die Villa Sand wollte?«

»Ja,« sagte der Mann, »das finde ich schon; aber ich dachte damals nicht weiter daran.«

»Kam der Wagen bald zurück?«

»Ja, vielleicht nach einer halben Stunde. Aber da ging ich nicht hinaus. Ich hörte ihn nur von hier.«

»Sie können den Tag, an dem dies geschah, nicht näher angeben?«

»Nein. Ich glaube, es wird so etwa vierzehn Tage her sein. Nicht so lange vielleicht.«

»Danke, mehr wünschen wir nicht zu wissen.«

Die beiden Polizeileute gingen, und der Mann begleitete sie hinaus.

Im selben Augenblick kam ein anderer Wagen von oben herabgerollt. Auf dem Bock saß ein Polizist in Uniform, in dem Wagen lag ein unbestimmbares Bündel.

»Was ist denn das?« fragte der Mann verwundert.

»Das ist der Ermordete,« erwiderte Krag.

Der Mann zuckte zusammen.

»Ist er hier in der Nähe getötet worden?«

»Nein, aber die Leiche wurde dort oben in der Ziegelei gefunden.«

»Und der Mörder?«

»Das war der Herr, der an jenem Abend hier vorbeifuhr. Da hatte er die Leiche im Wagen.«

Der Mann starrte ihn in dumpfer Verblüffung an.

Der Polizeichef und der Detektiv bestiegen den Wagen und fuhren in die Stadt.

Unten im Polizeigebäude hatten sie eine letzte Konferenz.

Der Polizeichef fragte, ob vorläufig noch etwas in der Sache zu tun sei.

»Nein, heute abend nicht,« erwiderte Krag, »aber morgen früh, sobald der Tag anbricht, gehe ich wieder an die Arbeit.«

»Es handelt sich also darum, das Paar im Wagen zu finden?«

»Ja, und das wird nicht schwer sein.«

»Sie glauben?«

»Der Mann fühlt sich sicher. Er hat einen großen Trumpf in der Hand. Oder er glaubt, ihn zu haben. Infolgedessen würde er sich gar nicht bedenken, direkt zur Polizei zu kommen und zu sagen: ›Meine Herren, ich war es, der an jenem Abend die Straße zur Ziegelei hinauffuhr.‹«

»Ich verstehe nicht recht,« sagte der Polizeichef.

»Das ist auch nicht notwendig,« erwiderte der Detektiv lächelnd.

VI

Der Sekretär

Gegen neun Uhr am nächsten Tag fuhr Krag allein in die Ziegelei hinaus, wo er bei Tageslicht eine sorgfältige Untersuchung des ganzen Ziegelwerkes und der Umgebung vornahm.

Es gelang ihm jedoch nicht, neue, interessante Umstände zutage zu fördern, aber er sah doch seine Annahme bestätigt, daß der Wucherer nicht in der Ziegelei ermordet worden war, sondern daß man seine Leiche hinaufgebracht hatte. In welcher Absicht, ahnte der Detektiv noch nicht.

Krag hatte sich wohl gemerkt, was der Mann in dem kleinen Häuschen am vorigen Abend erzählt hatte: Die beiden, die an ihm vorbeifuhren, hatten nach dem Weg zur Villa Sand gefragt.

Der Detektiv dachte: Ein Verbrecher, der alles mit dem höchsten Grad von Schlauheit und Berechnung plant, stellt sich nicht so vor dem ersten besten Menschen bloß, den er auf der Landstraße trifft. Er mußte ja wissen, daß die Leiche in der Ziegelei einmal gefunden werden würde und daß die beiden, die im Korbwägelchen hinausfuhren, dann zur Sprache kommen mußten – wie es auch als ein sehr verdächtiger Umstand ins Gewicht fallen mußte, wenn herauskam, daß die Bewohner der Villa Sand an jenem Abend keinerlei Besuch empfangen hatten.

Der Detektiv schloß darum, daß das Paar im Korbwägelchen Bekannte in der Villa Sand hatte, und daß es ihnen wirklich an jenem Abend einen Besuch abstattete, nachdem es zuerst den Ermordeten in das Trockenhaus der Ziegelei gebracht hatte.

In der Villa Sand mußte er also erfahren können, wer die zwei mystischen Personen im Wagen waren.

Dieser Gedanke erschien dem Detektiv so einleuchtend, daß er sich sofort nach der Villa aufmachte, die auf einer kleinen Anhöhe in der Nähe der Ziegelei gelegen war.

Er beschloß, zur größeren Vorsicht als Privatmann aufzutreten – als Kolporteur, Lebensversicherungsagent oder dergleichen.

Als er über den Hof ging, bemerkte er ein kleines Korbwägelchen, das in einer Ecke stand. Er konstatierte, daß zwei Menschen und eine Leiche darin Platz finden konnten.

Der Detektiv ging zum Hauseingang hinein und klopfte an. Ein Mädchen öffnete. Ob er den Besitzer des Hauses sprechen könne?

Er wurde in ein Zimmer geführt, in dem ein hochgewachsener, frischer Mann, eine typische Gutsbesitzergestalt, ihm entgegenkam. Er streckte dem Detektiv liebenswürdig die Hand entgegen und rief:

»Nein, ist das aber nett, Sie einmal zu sehen. Guten Tag, Herr Detektiv! Womit kann ich Ihnen dienen?«

Also erkannt, dachte Krag, der keinen Augenblick die Geistesgegenwart verlor. Blitzschnell hatte er einen neuen Feldzugsplan entworfen.

»Ja, das werde ich Ihnen sofort sagen,« sagte er, »wenn Sie mir eine Unterredung unter vier Augen gewähren wollen.«

Der Gutsbesitzer ging an ihm vorbei in das nächste Zimmer, und Krag benützte die Gelegenheit, um rasch eine Diamantnadel aus seiner Krawatte zu ziehen. Es war eine Nadel, die er von einem englischen Parlamentsmitglied bekommen hatte, dem er einmal in Hardanger einen großen Dienst erwiesen hatte.

»Bitte nehmen Sie Platz,« sagte der Gutsbesitzer; »ich hoffe, es ist doch nicht mit einem meiner Leute etwas vorgefallen? Oder handelt es sich vielleicht um den toten Mann unten in der Ziegelei?«

»Nein, keineswegs,« erwiderte der Detektiv, indem er dem Gutsbesitzer gegenüber Platz nahm, »es handelt sich überhaupt um kein Verbrechen.«

»Ihnen soll der Teufel glauben,« erwiderte der Gutsbesitzer, indem er laut auflachte, »Sie haben es faustdick hinter den Ohren.«

Krag zuckte zusammen. Sollte er ahnen? ... Im nächsten Augenblick schob er den Gedanken wieder von sich. Das war ja gar nicht möglich.

Er zog die Diamantnadel hervor.

»Mein Besuch bei Ihnen betrifft diese Nadel,« sagte er; »es ist eine sehr kostbare Nadel.«

Der Gutsbesitzer sah sie bewundernd an.

»Ist sie gestohlen worden?« fragte er.

»Nein, sie ist verloren.«

»Verloren?«

»Am Morgen des Zwölften fand man die Nadel hier unten auf dem Wege gerade vor dem kleinen Häuschen. Sie hat einen Wert von mindestens 500 Kronen. Die Nadel wurde vom Finder der Polizei übergeben. Wir haben nach dem Besitzer annonciert, aber es war uns nicht möglich, ihn ausfindig zu machen. Wir haben nun gedacht, daß es ein Fremder sein könnte, und haben genauere Untersuchungen vorgenommen. Der Mann, der das kleine Häuschen dort unten bewohnt, erzählt, daß am Abend vorher, also am Elften, draußen ein Wagen hielt, in dem ein junger Herr und eine Dame saßen. Sie fragten ihn nach dem Weg in die Villa Sand. Nun hat sich die Polizei gedacht, daß vielleicht diese Leute die Nadel verloren haben, und darum hat mich der Polizeichef hierhergeschickt, um nachzufragen, wer die beiden waren, die Ihnen am Elften abends einen Besuch abgestattet haben.«

Der Gutsbesitzer, der die Erklärung des Detektivs mit großem Interesse angehört hatte, erwiderte:

»Ein junger Herr und eine Dame, sagen Sie? Nein, das muß ein Mißverständnis sein. Ich habe in den letzten paar Monaten nie abends den Besuch eines Herrn und einer Dame gehabt. Es war wohl ein Brautpaar? Nein, wissen Sie, ich kenne überhaupt kein Brautpaar.«

Der Detektiv überlegte.

»Das ist aber doch seltsam,« sagte er, »sie fragten ausdrücklich nach dem Weg zur Villa Sand.«

»Ja, freilich, das klingt ganz mystisch,« warf der Gutsbesitzer ein.

»Sie kamen in einem Korbwägelchen gefahren.«

»In einem Korbwägelchen?«

Der Gutsbesitzer war aufgestanden.

»War das am Elften?« fragte er.

»Ganz richtig.«

»Am Abend, so gegen neun Uhr?«

Er begann im Zimmer auf und ab zu gehen. Der Detektiv hatte den Eindruck, daß ein Gedanke ihn beschäftigt. Er hörte ihn in sich hineinmurmeln: »Lieber Gott, kann der eine so kostbare Nadel haben?«

»Wer?« fragte der Detektiv rasch und scharf.

Der Gutsbesitzer sah ihn an.

»Ich meine den Sekretär,« sagte er, »Sekretär Ström, der zum Umgangskreis meiner Familie gehört. Er war an einem Nachmittage vor ungefähr vierzehn Tagen bei mir. Gegen sechs Uhr bat er mich, ihm ein Pferd und das Korbwägelchen zu leihen. Er wollte ein bißchen spazierenfahren.«

»Allein?« fragte Krag.

»Ja, allein. Er sagte ausdrücklich, er wolle allein fahren.«

»Und wann kam er denn wieder?«

»Gegen neun Uhr, vielleicht war es auch schon halb zehn. Es war auf jeden Fall sehr dunkel geworden, und ich erinnere mich noch, daß ich ihn ein bißchen neckte, weil er gar so spät kam.«

»Aber die Dame?«

»Nein, eine Dame war nicht dabei. Er fuhr allein fort und kam allein zurück.«

»Hat er nicht erzählt, wo er gewesen ist?«

»Nein, er ist immer so eigen. Er wollte irgendwohin, sagte er nur. Aber ich verstehe nicht,« fügte der Gutsbesitzer hinzu, indem er einen Blick auf die Nadel warf, »wie mein Freund, der Sekretär, eine so kostbare Nadel besitzen kann.«

Der Detektiv stand auf.

»Das kann man ja freilich nicht wissen,« sagte er, »aber ich werde ihn auf jeden Fall fragen. Wo wohnt er denn?«

Der Gutsbesitzer gab ihm die Adresse des Sekretärs an.

Krag dachte nach.

Er wußte im Augenblick nicht, wie er die Sache anpacken sollte.

War der Sekretär derselbe, der an jenem Abend an dem Mann in dem kleinen Häuschen vorbeigefahren war? Aber die Dame? Was war aus ihr geworden? Der Sekretär kam ja allein in dem Korbwägelchen zurück.

Der Detektiv mußte gestehen, daß er immer auf neue Beweise für die Schlauheit dieses genialen Mörders stieß, je tiefer er in die Sache eindrang.

Sollte es ihm glücken, ihn zu entlarven, dann mußte er mit äußerster Behutsamkeit vorgehen. Durch einen einzigen Fehlgriff konnte er alle seine Chancen verderben.

Gleichzeitig mußte er sich doch sagen, daß jetzt nicht viele Stunden vergehen konnten, bis diese furchtbare Sache an einem entscheidenden Punkt angelangt war.

Nach einer Stunde befand der Detektiv sich wieder unten in der Stadt. Er untersuchte zuerst, wer und was dieser Sekretär Ström, von dem der Gutsbesitzer gesprochen hatte, eigentlich war.

Er war Sekretär in einem öffentlichen Amt.

Der Detektiv erfuhr ferner, daß Ström vor zwei Jahren von einem Aufenthalt im Auslande heimgekehrt war. Zweiundzwanzig Jahre alt, war er nach Berlin gereist. Hier daheim, hatte er damals eine kleine Geschichte gehabt, die seine Reise notwendig machte. Sobald er heimkam, erhielt er durch einflußreiche Freunde eine Anstellung in diesem öffentlichen Amt. Er stand in dem Ruf, recht pflichtgetreu und sehr begabt zu sein, er beschäftigte sich sogar mit national-ökonomischen Abhandlungen, und es hieß, daß er im Auslande viele interessante Beziehungen angeknüpft hatte. Was Krag von allen Mitteilungen über den Sekretär am wichtigsten erschien, war dies: Ström stand seit einiger Zeit in Verbindung mit einer bekannten Varietédame, die augenblicklich das Christiania, das sich amüsiert, auf den Kopf stellte. Man hatte ihn oft in ihrer Gesellschaft im Café soupieren sehen; sie hatten zusammen Ausflüge gemacht und, im ganzen genommen, den Leuten viel Stoff zum Klatsch gegeben.

Der Sekretär bewohnte eine hübsche Junggesellenwohnung in der Parkstraße; eine Witwe führte ihm das Haus.

Bevor Krag sich in die Wohnung des Sekretärs begab, warf er einen Blick in den Telephonkatalog, aber der Name des Sekretärs stand nicht darin.

Der Detektiv überlegte einige Augenblicke: Er entwarf seinen Plan.

Dann fuhr er nach Hause, in seine Privatwohnung und öffnete den großen, grünen Schrank, der die verschiedensten Umkleidungseffekten enthielt, und zog eine Tracht heraus, so ähnlich wie die, welche die Telephonarbeiter tragen – blauen Kittel mit einem Lederriemen um den Leib und verschiedene Werkzeuge, die man in den Riemen stecken konnte.

Krag wartete noch eine halbe Stunde, um ganz sicher zu sein, daß der Sekretär sich in sein Kontor begeben hatte. Dann warf er noch eine Rolle Kupferdraht über die Schulter und wanderte von dannen.

Er fand mit Leichtigkeit die Hausnummer und ging durch den Haupteingang hinein. Der Sekretär sollte im dritten Stock wohnen.

Auf der Stiege begegnete er ihm selbst.

Er erkannte ihn sofort nach der Beschreibung.

Krag dachte bei sich, daß der Mann doch nicht so besonders pflichtgetreu sein konnte; es war jetzt weit über die Kontorzeit.

Der Sekretär war sehr elegant gekleidet. Er trug ein Pincenez. Der Detektiv sah ihm einen Augenblick in die Augen und stutzte: Selten hatte er so kalte und fühllose Augen gesehen. Es waren Steinaugen. Der Polizist konnte sich nicht eines gewissen Schauders erwehren, als er an ihm vorbeiging.

Im dritten Stockwerk klingelte er. Das Namenschild des Sekretärs hing an der Tür.

Eine ältere, schwarz gekleidete Dame machte auf, und Krag drängte sich rasch an ihr vorbei in die Wohnung, indem er sagte:

»Es ist wegen des Telephons...«

Die Dame war sehr erstaunt.

»Wir haben ja gar kein Telephon hier im Hause,« sagte sie.

Krag antwortete ganz ruhig:

»Deshalb komme ich ja eben. Der Herr Sekretär hat ein Telephon bestellt. Er will so einen eleganten, kleinen Tischapparat haben. Ich habe ihn eben jetzt im Stiegenhaus gesprochen.«

Die Frau war sichtlich etwas verwirrt.

»Er hat mir aber nicht das mindeste davon gesagt,« murmelte sie.

»Nein?« erwiderte Krag vollständig gleichgültig, indem er eine Tür öffnete. »Ist dies sein Zimmer?«

»Nein, das ist der Salon. Dort drinnen ist sein Arbeitszimmer. Da will er wohl das Telephon haben?«

»Natürlich,« erwiderte der verkleidete Detektiv und ging in das Arbeitszimmer. Seine Augen wanderten ruhelos suchend hin und her.

Die Frau folgte ihm. Sie war offenbar von recht redseliger Natur und begann sich nun darüber zu verbreiten, wie angenehm es doch sei, daß sie jetzt ein Telephon bekämen.

Krag konstatierte, daß das Arbeitszimmer des Sekretärs sehr abgesondert lag; es bildete den Abschluß der Junggesellenwohnung.

Der Detektiv sagte:

»Ich sehe, daß hier ein Teppich gelegen ist.«

»Ja,« erwiderte die Frau, »aber der ist schon lange weg.«

»Wie lange?« fragte Krag.

»Daran kann ich mich wirklich nicht erinnern.«

»Glauben Sie, daß es vierzehn Tage her sein kann?«

»Ja, so ungefähr,« erwiderte sie.

»Hat er denn den Teppich verkauft?«

»Ja.«

»Wem denn?«

»Es kam ein Junge mit einem Schiebekarren und holte ihn ab. Er war von einem Kaufmann. Syver Syversen stand auf dem Karren.«

Krag stöberte noch eine Weile im Zimmer herum, unter dem Vorwand, daß er nachsehen müsse, wo die Telephondrähte am besten zu legen wären. Dabei fand er Gelegenheit, jedes Fleckchen in der Wohnung zu untersuchen. Er kam auch in die Garderobe. Da entdeckte er einen Gegenstand, der seine Aufmerksamkeit in ganz besonderem Grade erregte. Er schob ihn rasch unter seinen Kittel, ohne daß die Witwe etwas davon merkte.

Plötzlich sagte er:

»Jetzt muß ich aber gehen. Ich muß mir noch Werkzeug holen. Bitte sagen Sie dem Herrn Sekretär, daß das Telephon in einigen Tagen fertig sein wird.«

VII

Das ist Blut, mein Herr

Bevor der Detektiv ging, sah er sich noch einmal ganz genau um und prägte das Aussehen der ganzen Wohnung seinem Gehirn fest und gründlich ein. Das abgesonderte Arbeitszimmer stieß direkt an eine solide Mauer und hinter dieser war ein Treppenaufgang.

Es konnte in diesem Zimmer viel gelärmt werden, ohne daß irgend jemand etwas davon merkte.

Krag fragte die Frau:

»Verfügt der Herr Sekretär noch über andere Zimmer im oberen Stockwerk?«

Aber die Frau war jetzt durch Krags ewiges Fragen ein wenig mißtrauisch geworden. Sie sagte:

»Wozu brauchen Sie das zu wissen?«

»Wegen des Telephons,« erwiderte Krag vollkommen gleichgültig und nickte zum Plafond hinauf. »Wir könnten dann die Telephondrähte durch dieses Zimmer führen.«

»Ach so,« erwiderte sie; »nein, der Herr Sekretär hat keine anderen Zimmer als diese hier unten. Aber ich selbst habe ein Zimmer im oberen Stockwerk.«

»Und das liegt vielleicht gerade über Herrn Ströms Arbeitszimmer?«

»Wie meinen Sie?«

»Ich frage natürlich nur wegen des Telephons. Ich meine, daß es ganz gut wäre, wenn es so liegen würde, denn dann könnten Sie es hören, wenn das Telephon läutet und der Herr Sekretär selbst nicht zu Hause ist.«

»Ach so,« erwiderte sie. »Da haben Sie recht. Mein eigenes Zimmer liegt über dem Arbeitszimmer des Herrn Sekretärs, da kann ich es ganz gut hören, wenn geläutet wird.«

»Sie sind wohl auch immer zu Hause?« fuhr Krag mit sanftem Interesse fort.

»In der Regel. Beinahe immer.«

»Aber an einem Abend vor ungefähr vierzehn Tagen waren Sie doch nicht zu Hause,« lächelte Krag gutmütig.

Die Witwe sah den Detektiv verblüfft an.

»Ich weiß wirklich nicht, was Sie meinen,« sagte sie.

»Nein, es klingt wohl auch ganz komisch,« erwiderte Krag sehr ruhig, »aber jetzt will ich es Ihnen erklären,« fügte er mit einem Lächeln hinzu. »Es wird wohl ungefähr vierzehn Tage her sein, da war Sekretär Ström in unserem Kontor und bestellte ein Telephon. Er schien nicht die leiseste Ahnung zu haben, wie wir eigentlich arbeiten, er glaubte vermutlich, das Ganze geht so zu, daß wir einen Apparat ins Zimmer stellen und uns irgendwo aus der Luft einen Draht herabholen. Er sagte nämlich, wir sollten nicht am selben Abend kommen, denn da würden wir niemanden vorfinden. Nicht einmal meine Wirtschafterin, sagte er, denn die kommt erst spät nach Hause. Daher wußte ich, daß Sie an einem Abend vor ungefähr vierzehn Tagen nicht zu Hause gewesen sind.«

Die Frau lächelte.

»Sie sind aber eine Plaudertasche,« sagte sie. »Uebrigens haben Sie recht mit dem, was Sie sagen. Ich erinnere mich ganz gut, daß ich an einem Abend vor ungefähr vierzehn Tagen fort war. Ich war sogar ganz drüben in Sandviken. Der Herr Sekretär bat mich, ihm dort etwas zu besorgen. Aber jetzt dürfen Sie mich nichts mehr fragen, sonst glaube ich wirklich, Sie wollen mich ausholen.«

Krag steckte seine Werkzeuge in den Leibgurt.

»Nein, nein,« sagte er, »ich frage Sie nicht mehr, wenn Sie es nicht wollen. Entschuldigen Sie nur, wenn ich Sie belästigt habe; aber ich bin nun einmal eine Plaudertasche, wie Sie eben sagten.«

Als der Detektiv ging, begleitete ihn die Wirtschafterin zur Tür.

»Bekommen wir das Telephon bald?« fragte sie.

Krag überlegte:

»In drei Tagen,« antwortete er, »vielleicht etwas früher. Möglicherweise schon in zwei. Guten Tag!« Und er eilte nach Hause in seine Privatwohnung.

Hier trennte er sich von dem kleinen Gegenstand, den er in der Garderobe des Sekretärs gefunden hatte. Es war ein abgetragener großer, breitkrempiger Hut.

»Es sollte mich nicht wundern,« murmelte der Detektiv, »wenn dies sich als die Kopfbedeckung des ermordeten Jaerven herausstellen würde. Nun, wir werden ja sehen, wir werden sehen.«

Während er sich umkleidete, überdachte er, was er bei seinem Besuch im Hause des Sekretärs Ström erreicht hatte.

Er zweifelte nun nicht mehr daran, den Mörder oder den einen Mörder vor sich zu haben. Aber das Motiv der Handlung war ihm noch unklar. Sollte der »kleine Blaue« am Ende doch ein Wechsel sein?

Er hatte also durch seine geschickten und eingehenden Fragen folgendes herausgebracht:

1. daß der Mord sehr leicht in dem Arbeitszimmer des Sekretärs begangen worden sein konnte, ohne daß der Lärm die Nachbarn beunruhigte. Dazu lag das Zimmer Jaervens zu isoliert.

2. daß der Sekretär an einem Abend vor ungefähr vierzehn Tagen allein zu sein gewünscht hatte, und darum der kleine Ausflug der Wirtschafterin nach Sandviken arrangiert worden war. Es würde nicht schwierig sein, in Erfahrung zu bringen, wann dieser Ausflug unternommen worden war, an welchem Tage. Zeigte es sich, daß es derselbe Tag war, an dem der Mord begangen wurde, so war dieser Umstand unleugbar ein sehr wichtiges Indizium.

Aber dazu kam noch der Teppich. Es war ein Teppich fortgeschafft worden. Warum? Es war von höchster Wichtigkeit, diesen Teppich zu untersuchen.

Im Laufe einer halben Stunde hatte der Detektiv seine Umkleidung beendet. Er war jetzt zu einem ganz tadellos angezogenen, etwas älteren Gentleman geworden. Graugesprenkelter Backenbart und Brillen. Er konnte für einen Universitätsprofessor, Lehrer oder dergleichen gehalten werden. Als er fertig war, warf er einen zufriedenen Blick in den Spiegel.

Unten auf der Straße fand er einen Wagen und bat den Kutscher, nach Grünerlökken zu fahren. Die Wirtschafterin des Sekretärs hatte ja erzählt, daß der Teppich von einem Kaufmann Syver Syversen gekauft worden war. Krag wußte, wo er wohnte. Es konnte nicht mehr als einen Kaufmann dieses Namens in Christiania geben.

Der Detektiv sah auf die Uhr. Eile tat not. Er hatte noch eine Umkleidung vorzunehmen und einen Besuch abzustatten, bis er den endgültigen, den entscheidenden Schritt tun konnte: Sekretär Ströms Verhaftung. Vor allem durfte der Sekretär nichts von den Untersuchungen ahnen, die Krag vornahm. Man denke, wenn er seine Wirtschafterin träfe und sie anfinge, von dem Mann mit dem Telephonapparat zu erzählen! Ein so schlauer Mann wie Ström mußte ja das Ganze augenblicklich durchschauen.

Der Detektiv wurde ein bißchen nervös. Er ersuchte den Kutscher, rascher zu fahren, und der Mann, der zu verstehen schien, daß hier etwas Wichtiges im Werke war, knallte kräftig mit der Peitsche.

Endlich blieb der Wagen vor dem Geschäft des Kaufmanns stehen, und Krag stieg aus.

Er bat den Kutscher zu warten, trat in den Laden und traf sofort den Kaufmann.

Der Detektiv nannte seinen Namen »Kustos Karlsen«. Er sagte, er käme wegen eines Teppichs, den Sekretär Ström vor einigen Tagen dem Kaufmann verkauft hatte.

Dieser, ein älterer, spießbürgerlich aussehender Mann, fragte, ob vielleicht beim Kauf etwas nicht in Ordnung sei.

»Nein, keineswegs,« erwiderte der »Kustos«. »Die Sache ist nur die, daß ich mir den Teppich gerne ansehen möchte.«

»Er liegt oben in meinem Zimmer,« sagte der Kaufmann, indem er den angeblichen Kustos von oben bis unten mißtrauisch musterte. »Wenn Sie Interesse daran haben,« fuhr er fort, »können Sie ja mit hinaufkommen und ihn sich ansehen.«

Die Privatwohnung des Kaufmanns lag im ersten Stock. Eine kleine, schmale Wendeltreppe führte aus dem Laden in die Wohnung.

»Sehen Sie,« sagte der Kaufmann, als er mit dem Detektiv oben angelangt war, »hier liegt der Teppich. Wie Sie sehen, ist es ein sehr schönes Stück. Er ist sicher mehr wert, als was ich dafür gegeben habe. Für was für eine Art Teppich halten Sie ihn?«

»Ein Perser,« erwiderte der »Kustos«.

Er legte sich auf alle viere und betrachtete ihn näher, er untersuchte jeden Zentimeter mit der Hartnäckigkeit eines Spürhundes. Mitten auf dem Teppich entdeckte er einige dunkle Fleckchen, auf die sein Interesse sich besonders zu konzentrieren schien.

Nun erhob er sich wieder.

»Kennen Sie Ström?« fragte er.

»Ich war mit seinem Vater befreundet,« erwiderte der Kaufmann; »ich –«

Der »Kustos« unterbrach ihn:

»Ich möchte Ihnen nur eines sagen. Sie haben diesen Teppich sehr preiswürdig erworben. Er hat zweifellos ganz bedeutenden Wert. Ich glaube bestimmt, daß unser Museum ihn kaufen würde. Würden Sie ihn eventuell verkaufen?«

Der Kaufmann lächelte wohlgefällig.

»Es kommt darauf an, was ich dafür bekomme,« sagte er.

»Gut, darüber werden wir uns schon einigen. Aber bevor der Handel abgeschlossen wird, müssen wir die absolute Sicherheit haben, daß der Teppich echt ist. Kann ich ihn gleich mitnehmen und ihn untersuchen lassen? Sie werden unserem Museum einen großen Dienst erweisen, wenn wir ihn wirklich erwerben.«

Aber der Mann, der offenbar etwas mißtrauisch veranlagt war, wollte zuerst nicht anbeißen. Endlich ging er darauf ein, den Teppich zu einer Untersuchung herzugeben, wenn er selbst dabei anwesend sein konnte.

Er rollte den Teppich zusammen und ließ ihn in den Wagen bringen. Und nun fuhren die beiden, der schlaue Detektiv und der mißtrauische Kaufmann, über die Ackerstraße in das Pfeilgäßchen.

Vor dem Laboratorium eines bekannten Chemikers ließ der Detektiv halten.

Er nahm die Teppichrolle unter den Arm und ging zu ihm hinauf. Der Kaufmann folgte ihm getreulich auf dem Fuße.

Der Detektiv konnte nicht umhin, über die gelungene Situation zu lächeln, in die er da geraten war.

Es war ihm eine persönliche Genugtuung, daß ihn der berühmte Chemiker – trotz seines scharfen Blicks – nicht erkannte. Die Verkleidung war also ausgezeichnet.

Der Kustos – alias Detektiv – breitete den Teppich auf dem Fußboden aus.

Er wies auf die drei dunklen Flecken.

»Die möchte ich gerne untersucht haben,« sagte er.

Der Chemiker war sofort mit Lupe, Essenzen und allen den Hilfsmitteln zur Stelle, die diesem Zweige der Wissenschaft zur Verfügung stehen.

Die Untersuchung währte eine halbe Stunde.

Der Kaufmann stand interessiert aber ziemlich verständnislos daneben und sah zu.

»Was ist es?« fragte Asbjörn Krag, »ist es Farbe, braune Tinte, Tusche oder so etwas?«

Der berühmte Chemiker erhob sich und sagte:

»Es ist Blut, mein Herr.«

Und er fügte hinzu:

»Es ist Menschenblut.«

»Sind Sie ganz überzeugt, daß es Blut ist?« fragte der Detektiv mit Betonung.

»Vollständig.«

Krag nahm die Brille ab.

Der berühmte Chemiker prallte einen Schritt zurück.

»Sie sind es?« rief er. »Das ist doch unglaublich! Ich habe Sie nicht erkannt. Was führt Sie mit diesem Teppich zu mir?«

»Ein Verbrechen. Eine Mordaffäre.«

»Wirklich?«

Der Kaufmann hatte dieses Gespräch mit wachsender Verblüffung angehört. Als er das Wort »Mord« hörte, erschrak er und verlangte eine nähere Erklärung. Krag wendete sich an den Chemiker:

»Sie haben wohl von dem Verschwinden des Wucherers Jaerven gehört?«

»Das will ich meinen! Die Zeitungen sind ja voll von dieser Geschichte. Man hat ja seine Leiche gefunden. Er ist doch erschlagen worden?«

»Ganz richtig. Er ist auf diesem Teppich erschlagen worden.«

Der Chemiker und der Kaufmann starrten mit tiefem Interesse den großen Teppich an, der ausgerollt auf dem Boden lag. In dem einströmenden Tageslicht sah man die drei braunen Flecken ganz deutlich.

Der Kaufmann sprach jetzt gar nicht mehr davon, daß er Geld für den Teppich haben wollte. Es war ihm offenbar nur darum zu tun, ihn so rasch als möglich loszuwerden. Er glaubte, daß er irgendwie in die Mordgeschichte verwickelt werden würde und begann zu versichern, daß er an allem Vorgefallenen absolut unbeteiligt war.

Krag beruhigte ihn mit der Versicherung, daß er, soweit als möglich, von der Sache ganz ferngehalten würde.

Der Detektiv und der Chemiker einigten sich dahin, daß der wichtige Teppich vorläufig im Laboratorium des Chemikers aufbewahrt werden sollte.

Dann trennten sich die Herren. Der Chemiker nahm nun eine noch gründlichere Untersuchung des Teppichs vor, der Kaufmann kehrte in seinen Laden zurück, und der Detektiv machte einen raschen Besuch im Polizeigebäude.

Hier traf er den Polizeichef, der ihm erzählte, daß er seit dem frühen Morgen in lebhafter Spannung auf ihn warte. Selbst konnte er ja nichts tun. Überhaupt stand die gesamte Polizei dieser ganzen verwickelten Angelegenheit ganz untätig gegenüber. Nur ein Mann arbeitete – Asbjörn Krag.

Der Detektiv berichtete, wie weit er in seinen Untersuchungen gediehen war, und der Polizeichef wollte sofort zur Verhaftung schreiten. Aber Krag hielt ihn davon ab.

»Sie müssen bedenken, daß wir noch nichts Positives haben, woran wir uns halten können. Wir können keinen einzigen wirklichen Beweis vorlegen. Und einen solchen gilt es jetzt zu beschaffen. Eine vorzeitige Verhaftung könnte alles verderben.«

Hiermit erklärte der Polizeichef sich einverstanden. Die Verhaftung sollte aufgeschoben werden, bis Krag seinen Besuch bei der Varietédame abgestattet hatte.

Er trennte sich von seinem falschen Bart und der grauen Perücke.

Er wurde wieder zu Asbjörn Krag, dem ersten Beamten der Detektivabteilung der Christianiaer Polizei.

Bevor er ging, hatte er seinen Schrank geöffnet und etwas in die Tasche gesteckt.

Es war der stahlblaue Damenhandschuh.

Er schrieb etwas auf ein Stück Papier, das er sorgfältig zusammenfaltete und in seine Brieftasche legte.

Die erwähnte Varietédame wohnte in einer nicht sehr fashionablen Gegend.

Als der Detektiv zu ihr hinaufkam, saß sie gerade am Klavier und probierte einige neue Lieder.

Sie hatte nur zwei Zimmer. Der Salon war klein, aber sehr elegant. Möbel von der teuersten Art. Als der Detektiv den Luxus sah, mit dem sie sich umgab, fiel ihm ein, was man sich vor einigen Jahren von der gefeierten Schönheit erzählt hatte. Man flüsterte damals von dem Sohn eines der reichsten Männer der Stadt, der für sie im Laufe eines Jahres hunderttausend Kronen hinausgeworfen hatte, indem er sie mit Geschenken überschüttete. Vermutlich stammte dieses elegante Ameublement aus dieser goldenen Zeit.

Jetzt war sie also durch ihre Bekanntschaft mit dem Sekretär in eine neue Periode eingetreten.

Die Dame kam heraus und begrüßte Krag freundlich. Er konnte sich ganz gut denken, daß ein Mann, wie Sekretär Ström, eine heftige Leidenschaft für sie empfinden konnte. Sie war noch sehr schön, sie hatte große, strahlende, dunkle Augen und ein wunderbares Lächeln.

»Womit kann ich Ihnen dienen?« fragte sie. »Bitte nehmen Sie Platz.«

»Das Ganze ist in ein paar Augenblicken erledigt,« erwiderte Krag, »ich komme eben von dem Perückenmacher in der Grönlandstraße, von dem Sie sich die rote Perücke ausgeborgt haben! Er will sie wiederhaben.«

»Was sagen Sie da?« fragte sie, im höchsten Grade überrumpelt. »Ausgeborgt?«

»Ja, eben. Und er will sie nun wiederhaben.«

»Ja, wieso, die habe ich doch schon längst bezahlt.«

»Das kann ich mir wirklich nicht denken. Der alte Perückenmacher hat behauptet, daß Sie sie sich ausgeliehen haben.«

»Nein,« erwiderte die Dame bestimmt, »ich habe sie doch mit zwanzig Kronen bezahlt, als ich sie kaufte.«

Krag heuchelte Verblüffung. Er brachte einige allgemeine Redensarten vor, hier muß ein Mißverständnis vorliegen, bitte zu entschuldigen usw. Und entfernte sich schleunigst.

Er sah, daß das Mißtrauen der Dame erwacht war. Sie war unruhig und nervös geworden.

Als der Detektiv aus die Straße hinunterkam, warf er einen verstohlenen Blick zu dem Fenster der Varietédame hinauf.

Da stand sie hinter dem Vorhang und guckte zu ihm hinunter.

In demselben Moment, in dem ihre Augen sich begegneten, sah Krag, daß eine tödliche Blässe sich über ihr Gesicht verbreitete. Sie zog sich rasch vom Fenster zurück.

Ah, dachte Krag, sie versteht schon! Das hatte ich ja auch erwartet. Aber überrumpelt habe ich sie doch.

Er lief die Straße hinunter – dem nächsten Standplatz zu.

Jetzt heißt es, das Eisen schmieden, solange es warm ist, dachte er, die Zeit ist gekommen.

VIII
Die Verhaftung

Im Laufe von fünf Minuten war Krag im Polizeigebäude.

»Ist die Frucht reif?« fragte der Polizeichef.

Krag nickte.

»Ich habe die Dame mit den stahlblauen Handschuhen gefunden,« sagte er. »Sie ist sofort in die Falle gegangen.«

»Wie denn?«

»Ich fragte sie nach einer roten Perücke, die der alte Zigarrenhändler Corneliussen in der Grönlandstraße zwei Tage vor dem Mord einer Dame verkauft hat.«

»Ich beginne zu verstehen. Können wir zur Verhaftung schreiten?«

»Sicherlich. Und so bald als möglich.«

»Wer soll arretiert werden?«

»Sekretär Ström und die Varietedame Bella.«

»Wen wollen Sie übernehmen?«

»Ich nehme Ström.«

»Gut, so bin ich für die Dame verantwortlich. Wo wohnt sie denn?«

Krag sah auf seine Uhr.

»In einer Viertelstunde geht der Zug nach dem Süden,« sagte er; »ich denke, da können Sie sie treffen. Sie kennen ihr Aussehen?«

»Ja, aber reist sie denn ab?«

Der Detektiv lächelte.

»Ich habe Ihnen doch erzählt, daß sie in die Falle gegangen ist,« sagte er; »aber das ging so zu, daß ich mich gleichzeitig verraten mußte. Jetzt ahnt sie das Ganze. Wahrscheinlich wird sie verduften wollen.«

Der Polizeichef gab seine Weisungen.

»Geben Sie mir drei Mann mit,« bat Krag.

»Fürchten Sie, daß der Sekretär Widerstand leisten wird?«

»Nein.«

»Was wollen Sie dann mit drei Mann?«

»Das werde ich Ihnen schon später erzählen. Jetzt gilt es nur, sich zu beeilen.«

Der Detektiv bekam seine drei Mann, bestieg eine Droschke und fuhr in das öffentliche Amt, wo der Sekretär angestellt war.

Als Krag dort vorfuhr, sprang er selbst rasch aus der Droschke, während er die drei Polizisten zurückließ. Er gab ihnen eine Weisung.

»Fahrt so rasch als irgend möglich«, sagte er, »in die Wohnung des Sekretärs Ström.«

Er gab ihnen die Adresse.

»Legt auf die ganze Wohnung Beschlag. Laßt niemand hinaus und niemand hinein. Sorgt dafür, daß drinnen an nichts gerührt wird.«

Die Polizisten fuhren davon, und Krag eilte in das Amt.

Er kam zuerst in einen Vorraum. Von dort in ein großes Bureau. Vor einem Mahagonipult saß Ström und blätterte in einem Stoß Dokumente. Der Sekretär sah Krag mit seinen kalten, fühllosen Steinaugen ganz ruhig an.

Krag bat um eine Unterredung unter vier Augen, und sie gingen in den Vorraum.

»Nun,« sagte der Sekretär ungeduldig, »was will die Polizei von mir?«

Krag zuckte zusammen.

»Sie kennen mich also?« fragte er.

»Ja.«

»Sehr wohl. Ich komme, um Sie zu arretieren.«

Sah der Detektiv fehl, oder wich nicht für eine Sekunde alles Blut aus dem Gesicht des Sekretärs?

Aber im nächsten Augenblick zeigte er jedenfalls das unverhohlenste Erstaunen.

»Mich arretieren,« rief er, »das ist doch das stärkste Stück, das ich noch erlebt habe! Was will denn da die Polizei schon wieder für eine Dummheit anstellen?«

Asbjörn Krag zuckte die Achseln.

»Die Sache ist eilig,« sagte er, »ich muß Sie bitten, mitzukommen.«

»Selbstverständlich. Sie haben ja Ihre Order zu befolgen.«

Ein unendlich höhnisches Lächeln kräuselte seine Lippen.

Er holte seinen Ueberrock, und die beiden gingen zusammen aus dem Hause und die Straße hinunter. Sie sprachen kein Wort miteinander.

Als sie im Polizeigebäude angelangt waren, saß die Varietédame schon da, blaß, nervös, und starrte ängstlich vor sich hin.

Der Sekretär stutzte, als er sie erblickte, aber er behielt seine Fassung vollständig bei. Er murmelte nur etwas von »dieser Polizei, die nicht einmal Damen in Frieden läßt«. Der Polizeichef saß da und wartete auf Krag. Er war sehr ernst.

»Wo haben Sie die Dame getroffen?« fragte der Detektiv.

»In einem Coupé erster Klasse des Kontinentalzuges, zwei Minuten vor dem Abgang.«

»Darf ich fragen, wessen man mich beschuldigt?« fragte der Sekretär. Er sah sehr geärgert aus.

»Des Mordes,« erwiderte der Polizeichef.

Der Sekretär lachte laut auf.

»Wirklich! Und wen soll ich getötet haben?«

»Den Wucherer Jaerven.«

»Den, der am Zwölften verschwunden ist?«

»Ganz richtig.«

»Aber am Zwölften war ich auf einer Amtsreise in Gotenburg. Ich kann mein Alibi nachweisen.«

Der Polizeichef sah zu Krag hinüber, der dastand und ironisch lächelte.

»Das habe ich mir gedacht,« sagte er ganz ruhig, »ein pfiffiger Plan.«

Und an den Sekretär gewendet, fragte er:

»Darf ich fragen, wann Sie nach Gotenburg fuhren?«

»Am Elften abends.«

»Direkt nach Gotenburg?«

»Nein, ich stieg in Fredrikshald aus, um den Geburtstag eines dortigen Freundes zu feiern. Ich war den ganzen Zwölften bis spät in die Nacht bei ihm und fuhr erst am nächsten Morgen nach Gotenburg.

Ich war also vom Elften bis zum Achtzehnten nachmittags von der Stadt abwesend. Jaerven verschwand doch am Zwölften abends, nicht wahr? Ich habe in den Zeitungen gelesen, daß er da fortging und seither nicht gesehen wurde. Bedarf es noch weiterer Beweise für diesen ganz unglaublichen Mißgriff der Polizei?

Kann vielleicht diese widerliche Komödie jetzt ein Ende haben?«

Der Polizeichef wurde von dem festen, ruhigen Auftreten des Sekretärs ein wenig unsicher.

Er begann ein flüsterndes Gespräch mit Krag.

»Glauben Sie, daß das, was er sagt, richtig ist?« fragte er.

»Zweifellos,« erwiderte der Detektiv.

»Sie behaupten ja, daß der Mord am Elften abends begangen worden ist, und da kann der Sekretär ja doch der Mörder sein.«

»Der Mord ist am Elften begangen worden.«

»Aber es wird schwer für uns sein, das zu beweisen.«

»Durchaus nicht.«

»Die Leute haben doch Jaerven am Zwölften in seinem Zimmer gesehen. Die Witwe sah ihn hinausgehen. Einer seiner Kunden sah ihn durchs Schlüsselloch.«

»Das war er nicht.«

»Selbstverständlich nicht. Aber wir können das Gegenteil nicht beweisen.«

»Ich kann es beweisen. Aber ich brauche eine halbe Stunde.«

»Bewilligt! Glückauf!«

Krag nahm seinen Hut und ging.

Der Polizeichef sagte:

»Bis Asbjörn Krag zurückkommt, kann das Verhör nicht fortgesetzt werden. Wollen Sie inzwischen Platz nehmen!«

Sehr unwillig setzte sich der Sekretär.

Der Polizeichef sorgte dafür, daß er der Varietédame nicht so nahe kam, daß sie miteinander plaudern konnten.

Es vergingen zehn Minuten über eine halbe Stunde, bis Krag zurückkehrte.

Der Polizeichef sah ihm sofort am Gesicht an, daß etwas sich ereignet hatte.

Der Sekretär erhob sich, er schien etwas von seiner zuversichtlichen Sicherheit eingebüßt zu haben.

Krag ging auf ihn zu und sah ihm ins Gesicht.

»Sie sind mit Ihren Schachfiguren gut gezogen, Mörder,« sagte er, »aber ich werde Sie doch matt machen.«

Dann wendete er sich an den Polizeichef und reichte ihm ein längliches Kuvert, das anscheinend Dokumente enthielt.

»Wissen Sie, was das ist?« fragte der Detektiv.

»Nein.«

»Das ist der ›kleine Blaue‹.«

Ein Schrei ertönte. Es war die schöne Bella. Sie war leichenblaß geworden.

Der Sekretär taumelte einige Schritte zurück.

IX

Gefaßt

Asbjörn Krags Auftreten hatte die beiden Mitschuldigen vollständig überrumpelt.

Der Sekretär war sich auch sofort bewußt, daß er sich verraten hatte; aber er nahm sich gleich darauf wieder zusammen.

»Der ›kleine Blaue‹,« sagte er, »ich verstehe nicht, was Sie damit meinen?«

»Ich meine das Papier, das Sie für eine gewisse Summe bei dem Wucherer Jaerven verpfändet haben.«

Der Detektiv öffnete das Kuvert und nahm ein blaues Dokument heraus, das mit zwei imponierenden, roten Siegeln versehen war. Er zeigte es dem Polizeichef. Dieser sah das Dokument durch und sagte dann:

»Jawohl, jetzt verstehe ich den Zusammenhang. Das ist ein sehr wichtiges Staatsdokument von außerordentlich großem Wert.«

»Ganz richtig,« sagte der Detektiv, »und dieses Dokument war Sekretär Ström zu einem speziellen Zweck anvertraut – natürlich unter der Voraussetzung, daß er sehr gut darauf aufpaßte und es nicht aus der Hand gab. Aber der Sekretär war vor einiger Zeit in einer peinlichen Geldverlegenheit. Nach dem, was ich in Erfahrung gebracht habe, ist die Dame hier nicht ohne Schuld daran.«

Der Detektiv deutete auf die Varietédame.

Der Sekretär sprang auf.

»Das ist nicht wahr,« rief er, »Sie stehen da und lügen mir ins Gesicht. Ich bekam das Dokument allerdings zur Verwahrung, aber sofort, nachdem ich es verwendet hatte, sandte ich es wieder zurück.«

»Wann sandten Sie es wieder zurück?«

»Am Abend des Elften, unmittelbar bevor ich nach Gotenburg fuhr.«

Krag sah den Mann an.

»Unmittelbar nachdem Sie Jaerven totgeschlagen hatten,« sagte er.

»Eine infame, lächerliche Beschuldigung!«

Der Polizeichef unterbrach diesen peinlichen Dialog, indem er den Detektiv fragte:

»Haben Sie irgendwelche Beweise für Ihre Behauptung?«

»Vollständige Beweise,« erwiderte er, und an Sekretär Ström gewendet: »Aber zuerst möchte ich mir erlauben, den Verbrecher zu überführen. Ich werde von Anfang bis Ende erzählen, wie das Verbrechen sich zugetragen hat.«

Er fuhr fort:

»Am Vierundzwanzigsten des vorigen Monats wurde Sekretär Ström dieses wichtige Staatsdokument anvertraut. Wir wollen es so benennen, wie der Sekretär selbst es genannt hat: den ›kleinen Blauen‹. Ich weiß das Datum so bestimmt, weil ich mit dem Chef des öffentlichen Amtes, in dem Herr Ström angestellt ist, konferiert habe. Am Tage darauf, am Fünfundzwanzigsten, hat der Wucherer Jaerven einen großen Betrag, 10 000 Kronen, aus der Bank entnommen. Seine Papiere zeigen jedoch, daß er an diesem Tage keine größere Zahlung zu leisten gehabt hat. Also sind es die 10 000 Kronen, die er Ström gegeben hat, und als Sicherheit für diesen Betrag hat der Sekretär den ›kleinen Blauen‹ deponiert, dessen Wert für den norwegischen Staat, wie Sie, Herr Polizeichef, ja wissen werden, diesen Betrag bei weitem übersteigt. Der schlaue Wucherer war über diese Tatsache sofort im klaren und hat bei dem Geschäft nicht die geringsten Bedenken gehabt. Er kannte ja Ihre angesehene Familie, Herr Ström, außerdem bekam er vermutlich sehr hohe Zinsen. Wie hohe, Herr Sekretär?«

Der Sekretär zuckte höhnisch die Achseln, aber er konnte doch die fieberhafte Spannung, mit der er der Darstellung des Detektivs folgte, nicht ganz verbergen.

Asbjörn Krag fuhr fort:

»Nun ja, das ist ja auch ganz irrelevant. Ich nehme an, daß er sich für die wenigen Tage, von denen hier die Rede war, so etwa 1000 Kronen an Zinsen gerechnet haben wird. Nun lebten also der Sekretär und seine Dame herrlich und in Freuden von den errafften Tausenden. Bis zum Zehnten. Da bekommt er von seinem Abteilungschef die Weisung, das Dokument wieder zurückzugeben. Es wurde für den Staatsrat am Zwölften benötigt. Was sollte er anfangen? Er versuchte Geld aufzutreiben; aber als dies nicht gelang, faßte er den gefährlichen aber doch kaltblütigen Entschluß, den Wucherer totzuschlagen. Ich mache ihm das Kompliment, daß er unter zehntausend Menschen der ist, der eine solche Untat am besten und sichersten ausführen kann.«

Hier verbeugte sich der Sekretär ironisch und versuchte eine Bemerkung einzuwerfen.

»Unterbrechen Sie mich nicht,« sagte Krag, »Sie werden schon noch Zeit genug zum Reden haben. Nun – nun brütet der Sekretär einen sehr schlauen Plan aus. Einen der schlauesten und gefährlichsten, die mir noch in meiner Praxis untergekommen sind. Er bedenkt jeden kleinen Umstand und arbeitet schon im vorhinein allem entgegen, was zu seiner Entdeckung und Festnahme führen könnte. Er weihte sein – hm – seine Braut in den Plan ein, und sie ist gewissenlos und geldgierig genug, darauf einzugehen. Unterbrechen Sie mich nicht! … Fürs erste schickt er also seine Braut zu dem alten Perückenmacher in der Grönlandstraße und läßt sie dort ein Perücke kaufen, die so genau als möglich dem roten Haar des Wucherers Jaerven entspricht. Dann schreibt er dem Wucherer ein Briefchen – das Briefchen nämlich, das wir bei der Untersuchung in seiner Wohnung gefunden haben. Es lautete, soviel ich mich erinnere: ›Treffen Sie mich um acht Uhr in der Höhle. Nehmen Sie den kleinen Blauen mit!‹ Mit der Höhle, diesem Studentenausdruck, meint er natürlich seine Junggesellenwohnung. Selbst der schlaue Wucherer geht sofort in die Falle, und wer hätte es nicht getan, meine Herren? Aber der Sekretär arbeitet auch weiter sicher und mit Berechnung. Er sagt sich, daß die Leiche nach dem Verbrechen fortgeschafft werden muß. Also begibt er sich am Nachmittag – bevor er mit Jaerven zusammentreffen soll – zu seinem Bekannten, dem Besitzer der Villa Sand. Hier leiht er sich unter einem Vorwand ein Pferd und ein Korbwägelchen aus und fährt damit in seine Wohnung. Unterdessen hat er seine Wirtschafterin fortgeschickt – bis nach Sandviken hinaus – um dort etwas zu besorgen. Er ist also allein, d. h. mit der Varietédame. Wie das Verbrechen begangen wurde, kann man sich denken. Er hat vermutlich den Kopf des Wucherers mit einem Hammer zerschmettert und ihm dann einen der stahlblauen Handschuhe der Dame in die Hand gesteckt, natürlich um auf falsche Fährte zu bringen. Er hat dann die Leiche in seinen Teppich gerollt, sie mit Hilfe der Dame in den Hof hinuntergebracht und ist damit zur Ziegelei hinaufgefahren. Den Teppich hat er später beiseitegeschafft und verkauft.

Sowie die Leiche in das Trockenhaus der Ziegelei gelegt war – alles dies trug sich an einem Abend zu, bei Dunkelheit – ist er wieder in die Wohnung gefahren, so rasch das Pferd nur laufen konnte. Der Wächter am Wege erzählte ja, daß er den Wagen verhältnismäßig bald zurückkommen hörte.

Aber jetzt kommen wir zu dem genialen Zug des Verbrechens: Der Sekretär hat den Hut des Wucherers und seinen alten fadenscheinigen Rock behalten. In einer bestimmten Absicht nämlich. Nun mußte die Varietédame weiterspielen. Sie verkleidete sich als Mann, zog die rote Perücke über ihr rabenschwarzes Haar, legte Jaervens Rock und Hut an und begab sich in dessen Wohnung, wo sie die Nacht schlief. Sie kam natürlich mit den Schlüsseln des Wucherers hinein, die ja auch bei der Leiche nicht gefunden wurden, als man diese im Trockenhause der Ziegelei entdeckte. Unterdessen brachte der Sekretär den Wagen so rasch zurück, daß er noch den Zug nach dem Süden erreichen konnte. Die Dame hielt sich den ganzen folgenden Tag in Jaervens Zimmer aus, untersuchte seine Schlupfwinkel und sprengte das kleine Geheimfach in seiner eisernen Kasse, zu der sie ja, wie gesagt, die Schlüssel hatte. Da haben Sie den Grund, meine Herren, weshalb Jaerven am Zwölften nicht aufmachte, niemand empfangen wollte, auf keine Fragen von draußen antwortete und das Schlüsselloch verdeckte, als jemand hineinsehen wollte. Erst bei Einbruch der Dunkelheit verließ die Dame die Wohnung in Jaervens alten Kleidern und mit seinem Hut. Niemand faßte Verdacht. Am Achtzehnten kehrte der Sekretär wieder zurück, und nun wähnte er sich ganz sicher. Am Elften war er aus der Stadt abgereist, und am Zwölften war doch Jaerven von Zeugen in seiner Wohnung gesehen worden. So hängt die Sache zusammen.«

Der Sekretär war immer bleicher geworden, je weiter die Erzählung des Detektivs vorschritt; aber er war doch bestrebt, seinen Mut und seine Fassung zu bewahren.

Der Polizeichef war stark bewegt.

»Und das können Sie alles beweisen?« fragte er.

»Ja,« erwiderte Krag, »denn wir haben Jaervens Rock und Hut beim Sekretär gefunden– in seiner Garderobe, und wir haben Jaervens Schlüsselbund im Boudoir der Varietédame gefunden.«

»Ich leugne alles,« rief der Sekretär. »Ich bin das Opfer eines schändlichen Komplotts!«

Der Polizeichef tat, als ob er den Ausruf nicht gehört hätte.

»Ja, es muß sich alles so verhalten,, wie Sie es erklärt haben,« sagte er zu dem Detektiv gewendet; »nur eines möchte ich Sie noch fragen.«

»Was denn?«

»Warum mußte denn die Dame, als sie in der Wohnung des Wucherers war, die Kasse durchaus so genau untersuchen?«

»Sie vergessen die Quittung,« erwiderte Krag.

»Die Quittung?«

»Ja, Sekretär Ström hat natürlich eine Quittung über den Empfang von 10nbsp;000 Kronen ausgestellt –«

Ein Schrei ertönte.

Die Chansonette griff sich mit der Hand an die Brust, so als ob sie erstickt.

»Wasser« flüsterte sie

Ein Polizist eilte mit einem Glas Wasser herbei, das sie zitternd an die Lippen führte.

Krag sah mißtrauisch zu.

Doch als sie eben trinken will, schlägt er plötzlich an das Glas, so daß es klirrend zu Boden fällt. Gleichzeitig umklammert er fest ihre rechte Hand und entwindet ihr etwas.

Es ist ein kleines zerknülltes Papier.

Er glättet es und liest es.

»Habe ich es nicht gedacht!« ruft er. »Hier haben wir die Quittung. Sie wollte sie verschlucken.«

Der Sekretär sieht die Dame an und murmelt höhnisch:

»Weiber!«

Der Polizeichef las das Papier ebenfalls. Es war die Quittung des Sekretärs Ström über den Empfang von 9000 Kronen gegen Garantie eines näher bezeichneten Staatsdokumentes, des »kleinen Blauen«. Der Betrag sollte bis zum Dreizehnten bezahlt werden.

Der Sekretär war leichenblaß geworden. Seine Augen brannten mit einem unheimlichen Glanze.

»Gestehen Sie jetzt,« fragte Krag, »daß Sie es waren, der den Wucherer erschlagen hat?«

Mit einem letzten Rest seines eleganten Auftretens geht der Sekretär auf den Detektiv zu und verbeugt sich.

»Ja,« erwiderte er ernst, aber doch noch immer höhnisch, »ich gestehe. Sie sind wirklich mit Ihren Schachfiguren feiner gezogen, Herr Detektiv.«

*

Drei Wochen darauf wurde Sekretär Ström verhört, verurteilt und lebenslänglich in die Strafanstalt Äkershus gesperrt.

Der Mann im Monde

I

Die ersten Anzeichen

Es ist gegen vier Uhr morgens. Die Dunkelheit beginnt so allmählich dem anbrechenden Tage zu weichen. Aus einem Hause in der Ackersgasse hört man plötzlich ein lautes Summen, so als ob mehrere Maschinen gleichzeitig in Gang gesetzt würden. Ein ähnlicher Lärm dringt aus einigen anderen Häusern in der Nähe. Das sind die Maschinen der Zeitungsdruckereien, die ihre Tagesarbeit beginnen. Alles ist jetzt aus der Hand der Redaktion fertig und in die Presse gegangen. In einigen Minuten werden die ersten feuchten Exemplare hervorgenommen und ausgebreitet. Gibt es etwas Neues? Was ist draußen in der großen Welt vorgefallen?

Zu dieser Zeit trat eine vermummte Gestalt aus einem der Häuser, in dem der Druckereilärm am stärksten war. Mit aufgestelltem Rockkragen, denn der Morgen war kalt und ein leichter Sprühregen fiel. Offenbar eilte er jetzt nach einer Nacht der Arbeit in seiner Zeitung heimwärts. An der Ecke der Karl-Johann- und Ackersgasse stieß er auf eine ähnliche vermummte Gestalt, die aus einem andern Tor und einer andern Zeitung kam.

»Guten Morgen!«

»Guten Morgen!«

Da sie denselben Weg hatten, gingen sie miteinander und begannen nicht lebhaft, sondern rein automatisch zu plaudern.

»Heute nacht ist etwas Merkwürdiges passiert,« sagte der erste.

»Na, was denn?«

»Wir hatten ein langes Privattelegramm von mehreren tausend Worten aus London im Gange. Seltsame Geschichte. Bekamen es wie gewöhnlich stückweise vom Telegraphenamt. Plötzlich ist die Leitung unterbrochen, eine ganze Stunde. Endlich bekommen wir gegen zwei Uhr den Schluß. Aber das Mittelstück ist und bleibt fort.«

Der andere Journalist zuckte zusammen.

»Ganz wie bei uns!« rief er. »Wir haben heute unsere Privattelegramme aus London überhaupt nicht bekommen! Und sie sollten ganz bestimmt zwischen zwölf und zwei Uhr eintreffen.«

»Unser langes Telegramm ist durch diese Katastrophe so gut wie ruiniert. Verstehe nicht, wie das zusammenhängen kann.«

»Auf dem Telegraphenamt nachgefragt?«

»Ja.«

»Wir auch! Das Telegraphenamt konnte nichts tun. Man meinte, der Fehler müsse anderswo stecken.«

»Dieselbe Antwort haben wir auch bekommen. Merkwürdiger Zufall. Aber haben Sie nicht eine nähere Erklärung verlangt, wie eine solche Kalamität eintreffen kann?«

»Ja freilich. Aber das Telegraphenamt konnte oder wollte vorläufig keine nähere Erklärung geben. Jetzt sei ja alles in Ordnung und die Telegramme kämen ohne Hindernisse. Aber unser Mann, der unten war, hatte den Eindruck einer wilden Verwirrung über dieses merkwürdige Vorkommnis: Unterbrechung auf der Linie eine Stunde lang, und dann alles wieder in Ordnung. Aber da war es schon zu spät, sich die Telegramme repetieren zu lassen oder sie sich auf anderm Wege zu verschaffen.«

»Ganz wie bei uns.«

Die beiden Journalisten blieben bei einer Straßenecke stehen.

»Ich muß das morgen untersuchen,« sagte der eine. »Wer weiß, ob da nicht etwas Besonderes dahintersteckt.«

Damit trennten sich die beiden mit einem Händedruck, und jeder ging seinen Weg nach Hause.

Am nächsten Tage wurde in Journalistenkreisen allerlei über die Geschichte mit den ausgebliebenen Telegrammen gesprochen. Es zeigte sich, daß fast sämtliche Morgenblätter in der einen oder anderen Weise durch die Störung berührt waren. Aber es war nicht möglich, das Telegraphenamt zu einer Erklärung zu bringen. Alles ist jetzt in Ordnung, war die einzige Antwort, die man auf seine Anfragen erhielt. Aber um die Mittagszeit nahm die Sache plötzlich eine unerwartete und höchst ernste Wendung.

Die Börsentelegramme aus London, die bisher viele Jahre hindurch mit der Genauigkeit eines Uhrwerks eingelaufen waren, hörten plötzlich auf! Zwischen elf und zwölf Uhr kam keine einzige Londoner Notierung an. Es kam überhaupt kein Telegramm aus London. Offenbar war eine Unterbrechung auf der Linie oder sonst irgendwo. Aber wo? Das Telegraphenamt konnte auch weiter keine Aufklärungen geben. Es konnte nur mitteilen, daß einer der tüchtigsten Linien-Ingenieure in dieser Angelegenheit mit dem ersten Zug abgereist war, und sowie der Vorfall mit den Börsentelegrammen sich ereignet hatte, hatte die Leitung noch einen Mann ausgesandt. Als ein förmliches Wunder kam dann noch um zwölf Uhr fünfzehn ein kleines Londoner Telegramm hereingeplumpst. Es war ein armseliger Nachzügler eines Weizenkurses. Aber damit war die Verbindung wiederhergestellt. Man hatte also ganz dasselbe Spiel vor sich, wie in der vorigen Nacht.

Einige Tage vergingen, und von Zeit zu Zeit wurde die Linie in derselben Weise unterbrochen. Das Telegraphenamt arbeitete Tag und Nacht, um den Fehler zu finden; aber es war nicht möglich, die Ursache herauszubekommen, trotz der wiederholten Klagen der Geschäftswelt über diese unsicheren Verhältnisse.

Wir befinden uns in einem der größeren Geschäftskontore im Zentrum der Stadt. Der Chef hat den Besuch eines seiner Geschäftsfreunde, eines Großhändlers. Sie sprechen miteinander über ihre Interessen und die Preisnotierungen des Tages. Plötzlich sagt der eine:

»Es ist doch fabelhaft, wie die Orangen steigen.«

»Ja, die Ernte ist in großen Landstrichen fehlgeschlagen. Daher kommt es.«

»Was! Hat Ihr Agent Sie nicht von der Preissteigerung, einige Tage bevor sie eintrat, benachrichtigt? Da hätten Sie doch große Partien aufkaufen und viel Geld verdienen können. Jetzt müssen Sie sie also mit den Tagespreisen bezahlen!«

Der Großhändler antwortete: »Ich glaubte auch, daß mein Agent diesmal seine Pflicht versäumt hätte. Aber es zeigt sich, daß dies nicht der Fall war. Ich habe heute einen Brief von ihm, in dem er mir mitteilt, daß er mir am Zwölften dieses folgendes Telegramm gesandt hat: ›Orangen kaufen, kaufen, kaufen!‹ Gerade seine Art, eine plötzliche Preissteigerung anzukündigen.«

»Na, also! Warum haben Sie dann nicht gekauft?«

»Weil ich dieses Telegramm gar nicht bekommen habe.«

Die Herren sahen einander an.

»Meinen Sie, daß das Telegramm auf diesen verflixten Linien verlorengegangen ist? So wie kürzlich die Pressetelegramme und die Börsentelegramme?«

»Ja, das meine ich. Aber gleichzeitig ist mir noch etwas anderes klar!«

»Und?«

»Daß die vielen Linienunterbrechungen einem Manne zu danken sind, der mit Geschäftstelegrammen operiert.«

»Stützen Sie Ihren Verdacht auf etwas Bestimmtes?«

»Ja, ich bin nämlich überzeugt, daß das Telegramm meines Agenten in unrechte Hände gekommen ist, daß es, mit anderen Worten, aufgeschnappt wurde. Denn gerade am Zwölften, wo das Telegramm in meinem Besitz hätte sein sollen, wurden hier in Christiania ungeheure Partien Orangen von einem Manne aufgekauft! Der hat mein Telegramm bekommen!«

»Das ist ja schrecklich. Kann so etwas passieren?«

»Niemand weiß, was für Mittel einem tüchtigen und schlauen Telegrapheningenieur zur Verfügung stehen.«

»Haben Sie die Sache dem Telegraphenamt gemeldet?«

»Ich war eben im Begriff, es zu tun, als Sie eintraten.«

Er ging zum Telephon, rief das Telegraphenamt an und erklärte einem der Chefs die Sache.

»Ich wünsche außerdem die Angelegenheit der Polizei anzumelden,« sagte der Geschäftsmann.

»Das ist auch schon von hier aus besorgt,« erwiderte der Telegraphenbeamte. »Wir sind uns schon längst klar darüber, daß sich ein dreister Schwindler an den Telegraphendrähten zu tun macht. Wir haben schon den geschicktesten Detektiv Christianias abgeschickt, um ihn zu erwischen.«

II

Die blauen Lichter

Asbjörn Krag bekam gleichzeitig drei Anmeldungen in der Angelegenheit der Telegramme. Die eine direkt vom Telegraphenamt, das meinte, daß irgend jemand in verbrecherischer Absicht einzelne Telegramme aufzuhalten suchte. Die zweite von dem Großhändler in Apfelsinen und die dritte von der Börse. Sämtliche verlangten die rasche Abfassung und Bestrafung des Verbrechers.

Zugleich begann auch die Presse sich mit dieser wunderlichen Sache zu beschäftigen und verlangte in redaktionellen Artikeln ein rasches und energisches Vorgehen, bevor noch unser Geschäftsleben durch diese »mystischen« Wiederholungen zuviel Schaden nahm.

Asbjörn Krag saß lange da und grübelte über die Sache nach. Er hatte zwischen zwei Möglichkeiten zu wählen. Entweder waren diese Unterbrechungen der Linie durch einen mehr oder weniger gelegentlichen Experimentator verursacht, der irgendwo saß und sich mit Erfindungen beschäftigte – oder es war auch ein Verbrechen im Spiel. In beiden Fällen war das Vorgehen ungesetzlich, und der Täter mußte gefaßt werden. Krag ließ umfassende Untersuchungen auf dem Telegraphenamt vornehmen, er arbeitete sich selbst in alle Details der Technik ein und ließ Proben mit den Maschinen anstellen, deren der Betreffende sich bedient haben konnte. Sämtliche Telegraphenfunktionäre, mit denen der Detektiv sprach, waren darüber einig, daß der Verbrecher ein ungewöhnlich tüchtiger Bursche sein mußte und bis in die geringsten Einzelheiten in die Technik der Telegraphie eingeweiht.

Man mußte davon ausgehen, daß der Verbrecher die Linie gerade da mit Beschlag belegt hatte, wo das Nordseekabel ans Land ging. Er mußte sich ganz genau in den verschiedenen Linien und Linienrichtungen auskennen. Ferner mußte er im Besitz eines besonders konstruierten Apparates sein, einer neuen Erfindung, deren er sich bediente, und mit der er jederzeit das Telegraphieren abbrechen und die Telegramme aufschnappen konnte. Vielleicht war sein Apparat so eingerichtet, daß er die ganze Telegrammkorrespondenz der Linie ablesen konnte, ohne den Gang der Telegramme zu stören, so daß er nur den richtigen Augenblick wahrzunehmen brauchte, um selbst das aufzuschnappen, was für ihn von besonderer Wichtigkeit war.

Während der Detektiv noch mit diesen seinen vorläufigen Untersuchungen beschäftigt war, lief bei der Direktion ein Telegramm von einem der ausgesandten Ingenieure ein. Das Telegramm kam aus einem der kleinen Küstendörfchen Norwegens und lautete:

»Den Fehler gefunden. Der Urheber zweifellos ein Betrüger, warte nähere Order ab.«

Die Leitung konferierte sogleich mit Asbjörn Krag, und auf seinen Rat wurde folgendes Antworttelegramm abgesandt:

»Detektiv unterwegs, nichts vor seiner Ankunft unternehmen!«

Eine halbe Stunde später saß Asbjörn Krag schon im Coupé. Es war am Abend. Gegen Morgen sollte der Zug an seinem Bestimmungsorte sein. Von hier mußte man ein Postboot zu einer größeren Stadt in der Nähe des kleinen Küstendörfchens nehmen, aus dem die Telegramme eingelaufen waren. Der Detektiv hatte also eine lange, anstrengende und langweilige Reise vor sich.

Er konnte nicht schlafen, sondern lag die ganze Zeit da und überdachte die Affäre, die er aufzuhellen hatte, eine der eigentümlichsten, die ihm noch in seiner Praxis vorgekommen waren.

An der Dampfschiffbrücke erwartete der Telegrapheningenieur den Detektiv. Krag wußte, daß der Ingenieur Holst hieß und ein junger, tüchtiger und energischer Fachmann war, der sich des Vertrauens seiner Vorgesetzten in hohem Grade erfreute.

»Danke, daß Sie mich abgeholt haben,« sagte Krag, nachdem sie sich begrüßt hatten, »es wäre sonst für mich schwierig gewesen, mich zu so früher Stunde an einem unbekannten Orte zurechtzufinden.«

»Ich glaubte, Sie würden ein Interesse daran haben, so rasch als möglich etwas über die Sache zu erfahren,« sagte er, »wie es auch meiner Meinung nach gilt, rasch zu handeln.«

»Ganz richtig,« erwiderte der Polizist. »Ich stimme Ihrem Eifer ganz zu.«

Es war eine Stunde Fahrt zu dem kleinen Küstendörfchen. Die beiden Männer hatten so die beste Gelegenheit zu einem Gespräch, und sie benützten sie, wie sie da auf der hartgefrorenen Landstraße in dem federnlosen, stoßenden Bauernkarren dahinrumpelten.

»Sie haben also mein Telegramm gesehen,« bemerkte der Ingenieur.

»Ja, unmittelbar bevor ich aus Christiania abreiste.«

»Ich habe also den Fehler gefunden. Eines der Kabel geht hier ans Land, und mit diesem hat der Verbrecher manipuliert. Er hat die Drähte nach Christiania herausgefunden und sie einfach jedesmal für seine Bedürfnisse der Londoner Telegramme abgeschnitten, unter denen viele wichtige Geschäftsmeldungen waren.«

»Haben Sie irgendeinen Verdacht, wer dieser Mann ist?«

»Ja.«

»Wohnt er in dem Küstendörfchen?«

»Ja und nein. Sie wissen, daß das kleine Dörfchen überall, wo es nicht ans Meer stößt, von hohen, steilen Felsen umgeben ist. Mitten in diesem Felsenchaos wohnt der Mann, von dem ich spreche. Er hat sich eine kleine Hütte gezimmert, und da hat er sich niedergelassen, um in Ruhe zu experimentieren.«

»Haben Sie ihn gesehen?«

»Nein, aber die Leute im Orte sprechen viel von ihm. Sie glauben, daß er oben nicht ganz richtig ist. Er kam vor einem halben Jahre mit einem der kleinen Boote her. Die erste Nacht verbrachte er im Zollhaus mit verschiedenen größeren und kleineren schweren Kisten. Allem Anschein nach enthielten sie seine Instrumente. Am nächsten Tage nahm er sich Leute und ließ sie auf den Berg hinaufschaffen. Seither hat er mit kleinen Unterbrechungen dort oben gehaust. Die Leute hören oft das Knallen von Schüssen aus seiner Behausung, und hie und da zeigen sich merkwürdige Lichter auf dem Felsen.«

»Welcher Nationalität gehört er an?«

»Vermutlich ein Nordländer. Aber er soll mit englischem Akzent sprechen, behaupten die, die mit ihm gesprochen haben.«

»Warum glauben Sie, daß er der ist, der sich an den Telegraphendrähten zu schaffen macht?« fragte der Detektiv.

»Weil es kaum irgendein anderer sein kann. Ihm ist so etwas schon zuzutrauen.«

»Sie erwähnten, daß die Drähte durchschnitten worden seien. Wie konnte dann die Verbindung wiederhergestellt werden?«

»Sehr leicht. Die Drähte lassen sich schon wieder zusammenflicken.«

»Wie heißt er?«

»Das weiß niemand.«

»Wie sieht er aus?«

»Klein von Gestalt. Er macht eigentlich einen unsauberen Eindruck mit seinem struppigen roten Haar und Bart. Er trägt immer einen staubgrauen Mantel, der ihm bis zu den Knöcheln reicht.«

Asbjörn Krag saß stumm da und dachte lange nach.

»Mir ahnt hier etwas Merkwürdiges, ich glaube, wir stehen vor einer großen, sonderbaren Sache.«

Der Tag begann nun schon zu dämmern, und die zwei Männer hüllten sich enger in ihre Reisemäntel, denn die Kälte war scharf.

Plötzlich zuckte der Ingenieur zusammen und wies auf ein paar kahle Felsen, die aus dem Morgennebel auftauchten.

»Da wohnt er,« rief er. »Sehen Sie das Licht?«

Und wirklich, oben im Gebirge zeigte sich ein recht großes, scharfes, blaues Licht, das unaufhörlich zuckte.

»Das ist aus seinem Laboratorium,« erklärte der Telegraphenbeamte. »Nachts läßt er manchmal mehrere Lichter zugleich flackern. Mit dem Widerschein am Himmel nimmt es sich wie eine Illumination aus. Dann sagen die Leute unten im Dorf, ›der Fels brennt‹.«

Noch eine Viertelstunde Fahrt brachte die zwei Männer in das kleine Lotsen- und Fischer-dörfchen, wo der Wagen jetzt vor dem einzigen Logierhause des Ortes stehenblieb. Es brauchte Zeit, den Wirt wachzuklopfen. Eine kleine Banknote aus Asbjörn Krags Hand versetzte ihn in Bewegung und bessere Laune, so daß er den Reisenden sogar ein Glas Branntwein brachte, das ihre starren Glieder ein bißchen wärmte.

Es war nun halb sieben Uhr geworden, und unten am Strande begann so allmählich das Leben zu erwachen. Man hörte scharrende Laute von Segeln, die gehißt wurden, das Knacken von Eisschollen, die Strömung und Wind aneinandertrieben, und hie und da eine tiefe Män-nerstimme, einen Kommandoruf, eine rostige Ankerkette, die rasselte.

Der Detektiv schlug die kleine rotgewürfelte Gardine zurück und sah hinaus. Das Logierhaus lag dicht an der Meeresbucht, er konnte gerade in die Felsen hineinsehen, die sich riesenhaft schwarz und drohend über den kleinen roten Häuschen auftürmten.

»Aber hier ist es wirklich schön und großartig,« sagte er.

Der Telegrapheningenieur wies hinauf:

»Dort oben auf der höchsten Spitze, dem sogenannten Mondfelsen, haust er, der ›Mann im Monde‹, wie der Volksmund ihn auch schon getauft hat. Seine Hütte ist gerade unter dem Hut, der Felsspitze, die so gefährlich darüberhängt. Sie heißt der Hornstein.«

Der Logierwirt kam jetzt mit Essen und dampfendem Kaffee herein. Man stillte rasch den ersten Hunger.

Krag hatte Lust auf ein Gespräch mit dem Wirt, diesem ortsbekannten Mann, und leitete es ein, indem er sich interessiert nach seinen Geschäften und Einnahmequellen erkundigte.

»Es wohnen wohl wesentlich nur Fischer hier?« fuhr er dann fort.

»Ja, nur Lotsen, Fischer und Seeleute. Dort drüben in den kleinen roten Häuschen an der Felswand wohnen meistens die Witwen von Seeleuten. Es ist dies der ärmere Stadtteil.«

Asbjörn Krag unterdrückte mit Mühe ein Lächeln über die Würde, mit der der Wirt das Wort Stadtteil ausgesprochen hatte.

»Aber wir haben auch feine Leute da,« fuhr der Logierwirt fort. »Schullehrer und Pfarrer, und im Sommer haben wir viele Badegäste.«

»So jetzt gegen Winter sind natürlich keine Fremden hier,« warf Krag hin.

»Na, wir haben den ›Mann im Mond‹,« lachte der Wirt. »Haben Sie von dem noch nicht gehört?«

»Ja richtig, mein Freund hier hat mir erzählt,« erwiderte Krag. »Der wohnt ja oben auf dem Felsen, nicht?«

»Freilich, gerade unter dem Hut, der über seiner Holzhütte hängt. Der ist gewiß nicht ganz richtig im Kopfe. Und wir mögen ihn nicht.«

»Haben Sie mit ihm gesprochen?«

»Ach wo! Der gibt keinem eine Antwort.«

»Redet er denn selbst mit niemandem?«

»Ja, ab und zu einmal schwatzt er mit dem Schullehrer. Das ist noch der einzige, den er hier ausstehen kann. Er muß übrigens unmenschlich reich sein. Kürzlich, als er von hier fort war, hat er sich einen Extradampfer von Christiania hierher gemietet.«

»Wann war das denn?«

»Es wird so acht Tage her sein.«

Asbjörn Krag wechselte einen Blick mit dem Telegrapheningenieur. Die Zeit stimmte.

»Wir möchten den Mann im Mond gerne besuchen,« fuhr der Detektiv fort. »Glauben Sie, daß er uns empfängt?«

»Nein, das tut er gewiß nicht.«

»Wollen Sie uns den Weg zur Hütte hinauf zeigen?«

»Nicht um alles in der Welt.«

»Warum nicht?«

»Weil er in Frieden gelassen werden will, der Mann im Mond,« erwiderte der Wirt ernst. »Und ich finde, es ist am besten, man läßt ihm seinen Willen.«

»Hat er sich denn zu jemandem darüber ausgesprochen?«

»Zum Schullehrer, ja, der wollte ihn auch besuchen. Wenn man ihn nicht in Frieden ließe, sagte er ihm, dann würde er uns alle miteinander zugrunde richten.«

»Na, na. Und das glauben Sie?«

»A–ch,« der Wirt dehnte die Worte. »Man weiß ja nichts Bestimmtes, aber er ist gewiß ein mächtiger Mann. Sie sollten es nur dort oben knallen hören und alle seine Lichter sehen. Wie er an einem dunklen Abend den Felsen brennen lassen kann.«

»Sie wollen uns also nicht begleiten?« fragte der Detektiv ruhig.

»Nein, um keinen Preis.«

»Schön, dann gehen wir allein. Nicht wahr?« wandte Krag sich an den Telegrapheningenieur.

»Ja, tun wir das,« sagte dieser eifrig.

Asbjörn Krag sah wieder durchs Fenster zum Mondfelsen hinauf. »Wie lange kann es bis dorthin sein?« fragte er.

»Ungefähr vier Stunden, wenn Sie gut gehen,« lautete die Antwort.

»Es ist gut. Wir haben ja Zeit.«

Der Detektiv öffnete seinen Handkoffer und nahm zwei prächtige Revolver heraus, von denen er selbst einen in die Tasche steckte, während er den zweiten dem Ingenieur gab. Dann fragte Krag den Wirt nach dem Weg zum Telegraphenamt, wohin er und Holst sich dann begaben. Von hier wurde sogleich folgendes Telegramm abgesendet:

»Polizeibureau, Christiania. Expreßtelegramm. Der Mann gefunden. Sendet telegraphische Arrestorder. Krag.«

Es war unterdessen ganz hell geworden. Die zwei Männer konnten deutlich die rotgestrichene Balkenhütte des mystischen Fremden dort oben in der Felsenwildnis unterscheiden. Sie glänzte wie ein roter Punkt aus der schwarzen Einöde der Felsenwelt. Es war ein anstrengender Marsch über den schmalen, an vielen Stellen gefährlichen Bergpfad. Doch nach vier Stunden waren sie in der Nähe der Hütte des Einsiedlers angelangt. Sie war höchst primitiv aus roh zugehauenen Balken und Brettern aufgeführt. Ein Schornstein war nicht vorhanden, aber aus einer Oeffnung des Daches stieg doch ein leichter Rauch auf. Die Hütte selbst lag in einer Kluft der steigenden Felsspitze, die drohend darüber hinausragte.

Der Detektiv und der Ingenieur schnauften sich erst tüchtig aus, bevor sie ganz an die Hütte herangingen.

»Er ist offenbar daheim,« sagte Krag ernst. »Der Rauch steigt vom Herde auf. Soweit ich die Sache verstehe, haben wir einen ganz genialen und gefährlichen Burschen vor uns. Halten Sie darum Ihre Waffe parat.«

»Gehen wir nur rasch hinein, ich fürchte ihn nicht,« sagte der Telegrapheningenieur eifrig. »Es wird mich sehr interessieren, zu sehen, welche Art von Instrumenten er hier oben in dieser Felsenwüste zusammengetragen hat.«

Die beides Männer näherten sich mit raschen Schritten der Hütte des Einsiedlers. Asbjörn Krag stieß die Türe auf. Sie war nicht versperrt. Er trat in die Stube. Es war niemand und nichts Merkwürdiges darinnen. Ein Tisch, ein paar Stühle, ein Herd. Mitten auf dem Tisch lag ein beschriebenes Papier.

Asbjörn Krag ergriff es eifrig und las. Mit einem eigentümlich{es} Lächeln reichte er es dem Ingenieur.

Da stand mit einer wunderlich steilen, aber deutlichen, bestimmten Handschrift:

»Meine Herren, Sie sind auf der richtigen Spur. Wir treffen uns in Christiania.

Ingenieur Barra.«

III

Die Jagd beginnt

Ohne sich über diesen unerwarteten Willkommgruß weiter auszusprechen, begannen nun die beiden Besucher die Hütte näher zu untersuchen. In dem Raume, in dem sie waren, schien sich nichts von besonderem Interesse vorzufinden, weshalb sie sich daran machten, eine Leiter hinaufzuklettern, die durch eine Luke auf den Boden führte.

Einige Minuten später befanden sie sich beide unmittelbar unter dem Dach der Hütte, wo es so niedrig war, daß der hochgewachsene Krag kaum aufrecht stehen konnte.

Der Raum war voll Kisten, allerhand Kannen, Flaschen, Tiegel, Retorten, Kabel und seltsame Instrumente. Es war ihnen beiden klar, daß sie sich in Herrn Barras Laboratorium befanden.

Plötzlich kam ein Ausruf der Ueberraschung von dem jungen Ingenieur, der eben vorsichtig den Inhalt einer großen Kanne untersucht hatte, deren Rauminhalt mindestens fünfundzwanzig Liter betrug. Krag ging rasch zu ihm hin.

»Das ist tatsächlich Nitroglyzerin,« sagte der Telegrapheningenieur.

»Ja,« erwiderte der Polizeibeamte, der seinerseits auch einige rasche Untersuchungen vorgenommen hatte. »Hier sind Sprengstoffe genug, um mehr zu vernichten, als er dem Schullehrer angedroht hat. Außerdem Steinbohrer, Lunten und allerhand Maurergeräte. Wüßte man es nicht besser, man müßte glauben, daß der gute Ingenieur Barra im norwegischen Granit nach Gold gräbt.«

»Der gräbt wohl nach leichter verdientem Golde,« lachte der Ingenieur. »Aber hier haben wir übrigens die Erklärung des mystischen Knallens, von dem die Fischerbevölkerung so viel spricht.«

»Hier ist vorläufig nichts anderes zu tun,« sagte Krag langsam, »als sich der Person des Geflüchteten zu versichern.«

Er sah aus seine Uhr und befragte dann seinen Taschenfahrplan.

»Wir können ihn einholen, bevor er nach Christiania kommt. Aber wir müssen uns eilen. Die Arrestorder wird auch jetzt schon im Telegraphenamt angekommen sein.«

Sie kletterten hinunter, stellten alles zurecht, schoben den Riegel vor die Türe und machten sich auf den Weg ins Tal.

Das kleine Fischerdorf lag still und verlassen da, als sie endlich wieder hinunterkamen. Alle Boote waren zum Fischen ausgezogen. Eine starke Brise wehte vom Meere, die Wellen schlugen hoch über die Mole, und das Blechschild des Kaufmanns rasselte in seinen verrosteten Angeln.

Der Polizist eilte zum Telegraphenamt, das zugleich Telephonzentrale und Postamt war. Er fragte nach seiner telegraphischen Order aus Christiania. Aber der Telegraphist teilte mit, daß heute überhaupt kein Telegramm aus der Hauptstadt eingetroffen war.

Von einer plötzlichen Ahnung ergriffen, verlangte der Detektiv ein dringendes Telephongespräch mit dem Polizeibureau in Christiania und bekam es nach einigen Minuten.

Krag beklagte sich sofort darüber, daß er die Arrestorder nicht erhalten habe.

»Welche Arrestorder?« wurde gefragt.

»Die ich in meinem Telegramm heute morgen verlangte.«

»Wir haben kein Telegramm von Ihnen bekommen.«

Krag unterdrückte einen kräftigen Fluch und schloß das Gespräch rasch ab. Hier mußte er mit seiner ganzen Klugheit handeln. Er hatte es offenbar mit einem Gegner zu tun, mit dem nicht zu spaßen war. Es war ihm bisher nicht eingefallen, daß dieser auch sein Morgentelegramm aufschnappen konnte.

Vor dem Telegraphenamt stieß er mit Holst zusammen, der ein Fuhrwerk gefunden, die Sachen in den Wagen gebracht und die Rechnung im Logierhaus bezahlt hatte.

»Die Arrestorder ist nicht gekommen,« sagte Krag langsam. »Das Polizeibureau hat mein Telegramm überhaupt nicht erhalten.«

»Unbegreiflich!« rief der Ingenieur.

»Durchaus nicht! Erinnern Sie sich an das Papier, das bei Ingenieur Barra für uns dalag?«

»Ja, und?«

»Ist es Ihnen nicht ausgefallen, daß er von unserer Ankunft unterrichtet war?«

»Unleugbar.«

»Nun wohl! Er hat also auch mein Telegramm aufgeschnappt. Er muß auch von hier Verbindung mit der Christianialinie haben. Das hätten wir natürlich oben untersuchen sollen. Jetzt ist es zu spät!«

»Wir können ja wieder hinauf!«

»Nein! Jetzt wollen wir diesen Ingenieur kriegen!«

Sie nahmen in dem wartenden Wagen Platz, und der Kutscher knallte mit der Peitsche.

»Zur Dampfschiffhaltestelle ist etwa eine Stunde Fahrt,« berechnete Krag. »Das Postboot geht nicht vor vier Stunden von dort ab. Also müßten wir Barra noch erreichen können, bevor er an Bord geht.«

»Zweifellos!«

»Wir wollen sehen,« sagte Krag nachdenklich.

Als die beiden Männer mit einem schweißtriefenden Pferd vor dem Wagen zur Dampfschiffbrücke kamen, erfuhren sie, daß ein kleiner, rotbärtiger Mann vor etwa vier Stunden mit einem kleinen Extradampfer, den er sich gemietet hatte, zur Eisenbahnstation gefahren war. Es hatte den Eindruck gemacht, daß er in furchtbarer Eile war.

Asbjörn Krag lächelte.

»Wir werden ihn doch noch erwischen,« sagte er. »Unser guter Freund dachte, von dort mit dem Siebenuhrdreißigzug nach Christiania zu kommen. Hätte er das Postboot abgewartet, so wäre er erst zum Elfuhrzug zurechtgekommen. Wir nehmen uns also auch einen Extradampfer.«

Es lagen gerade zwei Schleppboote im Hafen, die einige Schuten holen sollten. Krag besah beide mit Kennermiene und wählte das kleinere.

»Das läuft rascher,« sagte er und fragte dann den Schiffer, wie lange Zeit er zur Eisenbahnstation brauchte.

»Drei Stunden,« erwiderte der Schiffer; da kamen sie ja ganz bequem zum Siebenuhrdreißigzug zurecht.

Zehn Minuten später dampfte das kleine Schleppboot zwischen Inseln und Schären dahin. Die Maschine war auf Hochdruck gesetzt, und der Schaum stand hoch um den Bug. Es war etwas Spannendes in dieser Jagd, das den Telegrapheningenieur nicht unberührt ließ. Er ging die ganze Zeit oben auf dem Verdeck auf und ab, den Rockkragen bis über die Ohren aufgestellt. Der Schnee biß ihm ins Gesicht. Aber in einer Ecke in der Koje des Schiffers saß Asbjörn Krag und schmauchte ruhig seine Pfeife.

Eine Viertelstunde vor der berechneten Zeit waren sie am Ziele, und der Schiffer bekam für seine gut ausgeführte Arbeit ein Extrahonorar.

Dann gingen die beiden Männer rasch zur Eisenbahnstation, um sich Billette zu verschaffen.

»Um diese Jahreszeit sind wohl nicht viele Reisende?« begann Krag ein Gespräch mit dem Billetteur.

»Ach nein, nicht viele.«

»Ich habe einen Freund, ich glaubte, er würde auch mit diesem Zuge fahren. Hat er nicht schon ein Billett gelöst? Ein kleiner Mann –«

»Nein,« unterbrach der Billetteur bestimmt. »Sie sind der erste, der Billette für den Siebenuhrdreißigzug kauft.«

Also will er bis zum letzten Augenblick warten, dachte Krag und ging auf den Perron hinaus. Hier wurde er vom Billetteur eingeholt, dem offenbar noch etwas eingefallen war.

»Entschuldigen Sie,« sagte er, »Sie sagten doch, daß Ihr Freund ein kleiner Mann ist. Hat er vielleicht rotes Haar und Bart?«

»Stimmt.«

»Und trägt einen langen, staubgrauen Mantel?«

»Jawohl.«

»Und einen großen verbeulten Hut auf dem Kopfe?«

Krag sah fragend Holst an, der die Frage sofort bejahte.

»Er spricht etwas gebrochen Norwegisch?«

»Das ist er.«

»Vermutlich heimgekehrter Amerikaner mit viel Geld,« lächelte der Billetteur.

»Nun, eben! Das ist schon mein Freund,« nickte Krag dem Eisenbahnbeamten zu. »Wo ist er denn jetzt?«

»Unterwegs nach Christiania. Er ist vor einigen Stunden abgefahren.«

Der Telegrapheningenieur sah verblüfft Krag an, der ruhig antwortete:

»Kann's mir schon denken! Extrazug, natürlich.«

Der Billetteur bejahte die Frage und fügte hinzu, daß das den Reisenden zweihundert Kronen gekostet hatte, die paar Stunden auf den Zug nicht warten zu müssen. Der mußte wohl steinreich sein. Und mit diesen verständnisvollen Worten ging der Billetteur wieder in sein Zimmer.

Der Telegrapheningenieur sah die Sache offenbar hoffnungslos an und fragte, was sie in aller Welt jetzt tun sollten.

»Nichts anderes, als auf den Siebenuhrdreißigzug warten,« erwiderte Krag.

»Also ist er uns entwischt?«

»Dieses Mal!«

»Er ist doch ein gefährlicher Herr, dieser Barra.«

»Anscheinend. Er ist jedenfalls nicht der Mann, den man ungestraft unterschätzen darf, was wir leider anfangs getan haben.«

Hierauf gingen die beiden Herren in das beste Hotel der Stadt und nahmen dort ihr Abendbrot. Krag aß mit vortrefflichem Appetit, aber hatte nur einsilbige Antworten auf die vielen Reden des Ingenieurs.

»Sie sind schlechter Laune,« rief Holst endlich, halb ärgerlich über Krags mürrisches Wesen. »Es kommt ja auch nicht jeden Tag vor, daß der erste Detektiv des Landes an der Nase herumgeführt wird.«

»Durchaus nicht,« erwiderte Krag lebhaft. »Ich bin nichts weniger als ärgerlich. Im Gegenteil, sehr vergnügt.«

»Weil Ingenieur Barra uns aus den Händen geschlüpft ist?«

»Das hätte er ja doch früher oder später getan.«

»Worüber sind Sie also froh?«

»Ich bin sehr zufrieden mit der Sache, im ganzen genommen. Sie ist eigentümlich und verwickelt. Und mein Gegner ist zweifellos außerordentlich klug. Bemerken Sie, daß bis jetzt noch kein eigentliches Verbrechen begangen ist, bis darauf, daß Ingenieur Barra ein paar Telegramme aufgeschnappt hat. Uebrigens ist auch das noch keineswegs bewiesen. Deshalb brauchte ein solcher Mann unseren Besuch wahrscheinlich nicht zu fürchten. Allerdings hat er uns selbst eine Mitteilung gesandt, daß wir auf der richtigen Spur sind. Das klingt wie der blutigste Hohn und zeigt, wie gering er im Grunde diese Telegrammdiebstähle einschätzt. Ich glaube, der Mann hat andere und weit größere Pläne. Er hatte furchtbare Eile, sich jetzt nicht zu verspäten, zuerst nach Christiania zu kommen, und es wird mich freuen, ihn dort zu treffen. Die Art, wie er es bisher verstanden hat, die drei großen Hilfsquellen unserer Zeit, Dampfschiff, Eisenbahn und Telegraph zu benützen, zeigt mir den höchsten Grad kaltblütiger Intelligenz. Er hat sich natürlich ausgerechnet, daß wir uns auch einen Extradampfer nehmen würden, aber so verteufelt gut hat er gerechnet, daß in dem Augenblick, in dem wir zu dieser Station kommen, sein Extrazug auf den Eisenbahnperron in Christiania dampft. Es ist uns so auch unmöglich gemacht, die Polizei zu verständigen, die ihn sonst mit einem Händedruck bewillkommnet haben würde.«

Mit einer vielsagenden Gebärde deutete Krag an, wie ein Paar Handschellen angelegt werden.

»Aber warum in aller Welt macht er doch diese Streiche?« rief Holst ganz naiv.

Krag lächelte überlegen.

»Lieber Freund! Das kann ich Ihnen wirklich noch nicht sagen. Aber Sie können überzeugt sein, wo der Einsatz so groß ist, kann es sich nicht um Bagatellen handeln. Noch kenne ich seine Pläne nicht, aber hoffe, ihnen in nächster Zukunft auf den Grund zu kommen.«

Endlich war es sieben Uhr dreißig, und der Schnellzug kam unter das Perrondach gesaust.

Krag und Holst verschafften sich beide Schlafplätze. Obgleich der Zug verhältnismäßig kurze Zeit unterwegs war, wollten sie doch die Gelegenheit benützen, nach den Anstrengungen des Tages und der vorhergehenden Nacht stärkenden Schlummer zu finden.

Die Augen des Telegrapheningenieurs fielen bald zu, und gleich darauf schlief auch der Polizeibeamte ein. Und sie erwachten erst, als der Zug mit einem heftigen Ruck in Christiania stehenblieb.

IV

Der Lichtlöscher

Sowie Asbjörn Krag auf den Perron gesprungen war, suchte er den Stationsvorstand auf und erkundigte sich nach Ingenieur Barras Extrazug. Der war auf eine Seitenlinie gefahren. Der Kondukteur, der mitgewesen war, hielt sich jedoch noch auf der Station auf. Krag ließ ihn sich kommen und begann ihn auszufragen, aber er erfuhr so gut wie nichts.

»Der kleine Mann mit dem roten Bart«, erzählte der Kondukteur, »saß die ganze Zeit ganz still auf seinem Platz. Ich fing ein Gespräch mit ihm an, aber er schaute mich nur abweisend an, ohne zu antworten. Da gab ich es auf, und als wir herkamen, nahm er sich Droschke Nummer 56, das habe ich aus Neugierde beobachtet, und fuhr fort. Erwartet hat ihn niemand.«

Asbjörn Krag ging auf den Standplatz hinaus, wo er so glücklich war, sogleich auf Droschke Nummer 56 zu stoßen. Der Kutscher kannte den Polizisten und teilte ihm alles mit, was er wußte. Er hatte den kleinen, rotbärtigen Mann zu einem von ihm angegebenen Hotel gefahren, wo der Herr dann abgestiegen war.

Krag glaubte nicht sehr daran, daß dies wirklich der Fall war, aber ersuchte den Kutscher doch, hinzufahren. Dort wurde seine Ahnung bekräftigt. Weder der Hotelier noch der Diener hatten einen Mann von Barras Aussehen gehört oder gesehen. Der Portier erinnerte sich wohl, zu dem betreffenden Zeitpunkt einen Wagen halten gehört zu haben, aber in das Hotel war kein Gast gekommen, und der Wagen war dann rasch weitergefahren.

Asbjörn Krag begab sich nun in das Polizeibureau, wo er in aller Eile dem Chef des Sicherheitsbureaus Rapport ablegte. Dann rief er alle anwesenden Detektive zusammen und gab ihnen den Auftrag, jedes Hotel in der Stadt durchsuchen zu lassen, um Ingenieur Barras Logis zu finden. Eine genaue Beschreibung seiner Person wurde verfaßt, hektographiert und an sämtliche Polizeifunktionäre verteilt, Beamte und Sicherheitswachleute. Von diesem Augenblick an würden ein halbes Tausend Paar Augen, über ganz Christiania verteilt, nach dem mystischen Ingenieur spähen.

Als Krag dies erledigt hatte, fand er vorläufig nichts anderes für sich zu tun, als ruhig den Gang der Ereignisse abzuwarten. Barra würde schon von sich hören lassen.

Am nächsten Tag wurde die Jagd nach Barra fortgesetzt. Ganz Christiania wurde kreuz und quer durchstreift, alle kleinen, rotbärtigen Männer angestarrt! Ein paar wurden sogar auf das Polizeibureau gebracht, mußten aber als achtungswerte Bürger der Stadt wieder losgelassen werden. Die Detektive kehrten von ihren Runden in Hotels, Cafes und Logierhäusern zurück, ohne etwas über den Ingenieur mitteilen zu können. Und die Sicherheitswachleute kamen allmählich von ihrem Patrouillendienst in den Straßen der Stadt wieder. Niemand hatte den mystischen Mann gesehen. Auch in keiner anderen Weise merkte man seine Anwesenheit in der Stadt. Er war wie in den Erdboden versunken. Der ganze Tag verging.

Gegen neun Uhr abends finden wir Asbjörn Krag in seinem Privatkontor im Polizeibureau. Er durchblättert die hoffnungslos nichtssagenden Rapporte seiner Untergebenen. Selbst hatte er auch überall herumgeschnüffelt, aber mit ebensowenig Glück wie die andern.

Plötzlich, wie er so über die Rapporte gebeugt dasitzt, erlischt das elektrische Licht. Der Detektiv glaubt im ersten Augenblick, daß es ein Fehler an der Lampe ist, er schraubt den Glühkörper ab und setzt einen neuen ein. Vergebens! Er brennt nicht. Zugleich hört er draußen auf dem Korridor ein Hin- und Herlaufen. Einer der Diener kommt herein und ruft: Das Licht ist in der ganzen Station ausgegangen.

Asbjörn Krag tritt ans Fenster und sieht hinaus. Dort unten liegt der Yongmarkt in fast vollständiger Finsternis. Auch die großen funkelnden Bogenlampen sind erloschen. Nur einzelne Lichter aus den Fenstern der Häuser werfen ihren schwachen Schein über den großen Marktplatz. Der Detektiv geht ans Telephon und klingelt.

»Hallo! Ist da das Elektrizitätswerk?«

»Jawohl.«

»Hier ist Detektivabteilung. Ist draußen ein Unglück passiert?«

»Das Licht ist auf der ganzen Linie ausgegangen,« lautete die Antwort.

»So! Wo steckt denn der Fehler?«

»Das wissen wir noch nicht. Unsere Ingenieure arbeiten mit allen Kräften, um ihn zu finden.«

Krag lautete ab. Eine Stunde verging, ohne daß das Licht wiederkam, und Krag wendete sich wieder an das Werk. Dort begann man offenbar nervös zu werden.

»Nun, hat man den Fehler noch nicht gefunden?« fragte Krag.

»Unfaßbar! Aber man arbeitet angestrengt von allen Seiten, um zu entdecken, wie diese Kalamität eintreten konnte.«

Wieder verging fast eine Stunde. Krag blieb die ganze Zeit in seinem Kontor sitzen und arbeitete bei Stearinkerzen.

Mit einem Male begann das elektrische Licht wieder zu brennen.

Aha, dachte der Detektiv, jetzt haben sie endlich den Fehler gefunden.

Da klingelte das Telephon. Diesmal ist es die Elektrizitätsgesellschaft, die ihn anruft.

»Hallo! Dort Detektivabteilung?«

»Ja.«

»Hier Elektrizitätswerk.«

»Gratuliere. Jetzt brennt ja das Licht wieder.«

»Ja, gerade deshalb wollen wir mit Ihnen sprechen.«

»So. Woran lag also der Fehler?«

»Das wissen wir nicht. Das Licht kam ebenso plötzlich, als es verschwand – durch fremde Hilfe. Unsere Ingenieure sind ganz ratlos. Können Sie rasch herüberkommen?«

»Ich komme sofort.«

Asbjörn Krag nahm seinen Ueberrock und ging. Bei sich selbst dachte er: Da hat wohl der kleine Rotbärtige schon wieder Christiania einen Streich gespielt. Warum –? Ja, das ist die Frage.

Dieser geniale Ingenieur – was führt er eigentlich im Schilde? Zuerst Telegraph und Eisenbahn, dann Elektrizität? Hier müßte etwas Merkwürdiges dahinterstecken, wenn der Mann nicht ein gefährlicher Geisteskranker war, dessen man sich versichern mußte, bevor etwas Ungeheuerliches sich ereignete. Asbjörn Krag beschleunigte seine Schritte.

Unten im Elektrizitätswerk waren wieder geordnete Verhältnisse eingetreten. Aber es mußte wohl eine tüchtige Verwirrung geherrscht haben, solange die Stadt in Finsternis lag und der Ingenieurstab des ganzen Werkes in ununterbrochener Tätigkeit war, um den Fehler herauszufinden.

Der Chef führte Krag in den Dynamoraum, wo es so summte und sprühte und dröhnte, daß man sein eigenes Wort nicht verstehen konnte.

»Haben Sie irgendeine Vermutung, wie die Störung entstanden sein kann?« fragte Krag.

»Nein,« lautete die Antwort des Chefs. »Die Sache ist uns noch ganz unbegreiflich. Aber persönlich habe ich die Vermutung, daß das Ganze in der einen oder anderen Absicht arrangiert sein muß, einer mir ganz unerklärlichen Absicht, nebenbei.«

»Wer sollte der Urheber sein?«

»Das ahne ich nicht.«

»Kann es einer von Ihren Leuten sein?«

»Kann – ja. Aber ich glaube es nicht,« erwiderte der Chef bestimmt. »Gleichzeitig muß ich noch gestehen, daß, wenn es arrangiert ist, es von einem Mann herrührt, der sehr gut mit elektrischen Apparaten vertraut ist, aber namentlich mit denen des hiesigen Werkes. Darum hielt ich es für das Richtigste, Sie gleich zu bitten, herzukommen.«

Krag nickte zustimmend und fragte, wie die Sache denn wieder in Ordnung gekommen war.

»Das ist beinahe das Wunderlichste von allem. Unsere eigenen Ingenieure vermochten nichts, obwohl sie wie die Besessenen arbeiteten. Da tauchte plötzlich ein Monteur von einer hiesigen großen Firma auf, die ihn uns gesandt hatte. Er trat sehr selbstsicher auf und bat um verschiedene Aufklärungen. Wir gaben sie ihm, dann zog er sich Gummihandschuhe an, ging in den Dynamoraum, und einige Augenblicke später war alles in Ordnung.«

»Wie heißt dieser Monteur?« fragte Krag gespannt.

»Ja, wie hieß doch der Mann?« rief der Chef und wandte sich an seine Untergebenen. Aber niemand wußte es oder kannte ihn.

»Wie sah er aus?« fragte der Detektiv.

»Ein kleiner, nicht mehr junger Mensch,« erklärte der Chef, »in der gewöhnlichen blauen Tracht der Monteure. Mit blauer Brille.«

»Und rotem Bart?« fragte Krag eifrig.

»Ganz richtig,« erwiderte der Chef. »Wie können Sie das wissen?«

Krag besann sich rasch und erwiderte, daß er zufällig einen Monteur dieses Aussehens kenne. »Ein sehr tüchtiger Bursche,« fügte er hinzu.

»Zweifellos.«

»Und im übrigen ist niemand Unbefugtes im Laufe des Tages im Elektrizitätswerk gewesen?« fragte Krag weiter.

»Niemand außer dem Monteur,« erwiderte der Chef bestimmt. »Und den betrachten wir eigentlich auch nicht als einen Unbefugten. Er ist uns von einer Firma geschickt, mit der wir viel zu tun haben. Ich habe ihn übrigens noch nie gesehen, und ich kann mir nicht denken...«

»Natürlich nicht,« unterbrach Krag seinen Gedankengang. »Wissen Sie, in welcher Weise er das Licht wieder in Ordnung gebracht hat?«

»Nein, dafür gab er uns heute keine Erklärung. Er verschwand, bevor wir noch recht mit ihm reden konnten, in all dem Aufruhr, der in der Dunkelheit geherrscht hatte.«

Asbjörn Krag erbat sich noch einige Mitteilungen und verließ dann rasch das Werk.

Sowie er ins Freie kam, versuchte er aus dem Telephonkiosk der Freimaurerloge in Verbindung mit dem Chef der erwähnten elektrischen Firma zu kommen, aber es gelang ihm nicht. Er fand es aussichtslos, in der Stadt herumzugaloppieren und nach dem Monteur, alias dem rothaarigen Ingenieur, zu fahnden, und verschob darum seine weiteren Untersuchungen für den nächsten Tag.

Gegen elf Uhr am nächsten Vormittag rief Krag wieder die elektrische Firma an, und der Chef kam selbst an den Apparat. Er stellte sich vor und fragte dann, aus welchem Grunde die Firma am vorigen Abend ihren Monteur in das Elektrizitätswerk entsendet hatte.

Der Chef wußte nichts von der Sache und bat Krag zu warten, bis er sich bei einem der Beamten erkundigt hatte. Als der Chef wieder ans Telephon kam, erklärte er auf das bestimmteste, niemand wisse etwas davon, daß seine Firma gestern einen Mann ins Elektrizitätswerk geschickt habe.

Nun bat der Polizist um ein Gespräch unter vier Augen mit dem Inhaber des Geschäftes, das ihm auch sogleich bewilligt wurde. Und als Krag hinkam, saß der Chef schon in seinem Kontor und erwartete ihn.

Krag machte sofort darauf aufmerksam, daß es sich um eine Sache von außerordentlicher Wichtigkeit handle.

»Kennen Sie einen Ingenieur namens Barra?« fragte Krag.

»Ja.«

»Ist er bei Ihnen angestellt?«

»Nein. Er hat nur die Erlaubnis, von Zeit zu Zeit hier in unseren Werkstätten zu experimentieren.«

»Haben Sie dabei je Anlaß gehabt, sich über ihn zu beklagen?«

»Im Gegenteil! Wir sehen es gerne, daß er bei uns arbeitet. Ich glaube, er beschäftigt sich mit nützlichen Erfindungen. Er ist außerdem offenbar ein sehr reicher Mann. Ein ungemein – um nicht zu sagen hervorragend – tüchtiger Ingenieur ist er auf jeden Fall.«

»Haben Sie nicht den Eindruck, daß er ein bißchen verschroben ist?«

Der Chef sah Krag an.

»Wenn Sie so direkt fragen,« sagte er, »muß ich gestehen, daß sein Benehmen oft etwas auffallend ist. Uebrigens können Sie ja mit ihm selbst sprechen. Er ist gerade da und hat seinen eigenen Privatraum, wo er hier arbeitet.«

Der Detektiv willigte mehr als gerne ein. Endlich sollte er von Angesicht zu Angesicht diesem seltsamen Mann gegenüberstehen, der es bisher so klug verstanden hatte, ihn zu vermeiden.

Es zeigte sich aber, daß Ingenieur Barra sein Zimmer doch schon verlassen hatte und ausgegangen war.

Krag war ebenso überrascht wie ärgerlich, während er fragte, ob man nicht wüßte, wohin er gegangen sei.

»Er hat etwas vom Elektrizitätswerk erwähnt,« erwiderte ein jüngerer Ingenieur.

Der Chef des Geschäftes sah erstaunt den Detektiv an.

»Sollte am Ende gar er der Monteur sein, von dem Sie sprachen?«

Krag nickte und bat, sich das Arbeitszimmer des Ingenieurs Barra ansehen zu dürfen.

»Bitte sehr,« sagte der Chef und öffnete eine Türe »Hier haben Sie seine Höhle. Sie hat zwei Ausgänge.«

Und es zeigte sich, daß der Vogel eben durch den anderen verschwunden war.

Krag blieb eine Weile auf der Schwelle stehen. Das Zimmer war fast dunkel, denn das Fenster nach der Straße war dick übermalt mit Ausnahme eines Vierecks, durch welches eine Lichtsäule in das Zimmer drang.

Krag dachte: Aha! Durch diese Oeffnung hat er mich kommen sehen und ist im rechten Augenblick verduftet.

Der Detektiv trat in das Zimmer, aber prallte sogleich verblüfft zurück. Denn der kleine Raum war nun plötzlich intensiv beleuchtet. Aber sowie der Polizist über die Schwelle zurücktrat, lag das Zimmer wieder im Dunkel da.

Bei seinem Ausruf kamen einige Beamte herbeigelaufen; einige drangen in den dunklen Raum. Da strahlte wieder das Licht aus einem halben Dutzend starker elektrischer Glühlampen.

»Nein, so etwas habe ich noch nicht gesehen,« rief der Chef der Firma. »Da hat ja der gute Ingenieur wieder eine Erfindung gemacht, worin zum Teufel besteht sie nur?«

Krag folgte ihm in Barras Zimmer und sah sich aufmerksam um. Vom Boden bis zur Decke war der Raum mit großen und kleinen Instrumenten in anscheinend chaotischem Durcheinander angefüllt. Außerdem allerhand Krüge, Kolben, Tiegel und Reagenzröhren, sowie Pulver, Mineralien, Säuren – alles, was auf den Arbeitstisch eines Chemikers gehört. Und überdies auf dem Boden, aber jetzt beiseitegeschoben, eine zusammengelegte Reihe Eisenbahnschienen; »im Modell und mit Ausweichgeleisen« mußte es wohl bedeuten, dachte Krag scharf, als er die elektrischen Drähte eines kleinen Akkumulators ihnen entlang laufen sah. Was sollte das bedeuten? Nur ganz unschuldig eine neue elektrische Eisenbahn? Ach nein! Da steckte wohl etwas anderes dahinter. Krag sagte nichts, aber sein Gesicht bekam einen sehr nachdenklichen Ausdruck. All dies lag jetzt von jenem intensiven bläulichen Licht gebadet da, das den Gedanken zum Mondberg dort unten über dem Dörfchen führte.

Unterdessen hatte der Chef der Firma Barras neue Glühlampen untersucht.

»Ich begreife nicht, wie das Licht angezündet und ausgelöscht wird, ohne daß man den Strom durch physische Mittel schließt oder öffnet. Zuerst glaubte ich, eine Leitung zur Schwelle sei der Grund – aber es ist keine zu finden. Wir wollen noch einmal nachsehen!«

Alle verließen das Zimmer und sofort erloschen sämtliche Lampen. Sie traten wieder ein und die Lampen strahlten wie durch einen Zauber augenblicklich.

Einer der Ingenieure hatte unterdessen die Details der Lampen genau untersucht. Er rief jetzt erstaunt:

»Ah! die Sache ist klar! Da ist der menschliche Magnetismus mit Klugheit ausgenützt. Er wirkt augenblicklich auf die feinreagierenden Apparate ein, die Sie hier in den Lampenhaltern angebracht sehen können, meine Herren. Großartig!«

Er zeigte den Anwesenden einige kleine, mit einem schimmernden Fluidum gefüllte Gläschen und einige unendlich feine Drähte, die von hier aus um die Behälter gesponnen waren.

»Ich wußte schon lange,« fügte der Ingenieur hinzu, »daß Barra sich mit einer Art von elektrischem Selbstanzünder für Glühlampen befaßte. Aber daß die Aufgabe schon gelöst war, ahnte ich nicht!«

Der Chef der Firma war über diese Tatsache nicht weniger verblüfft.

»Welche praktische Bedeutung kann denn eine solche Erfindung haben?« fragte Krag mit lebhaftem Interesse.

»Darüber zerbricht sich Barra nicht den Kopf. Für ihn gilt es, die Erfindung zu machen. Dann können die Menschen sie praktizieren, wie sie wollen. Er hat schon viele ähnliche Dinge gemacht. Anscheinend sehen sie nicht nach viel aus, aber sie sind dann doch in aufsehenerregender Weise verwendet worden.«

Wieder im Kontor des Chefs angelangt, bemerkte Krag, daß dieser Barra ein ungewöhnlicher, geradezu genialer Mann sein müsse.

»Absolut,« erwiderte der Chef ernst. »Einer der ersten Elektrotechniker der Gegenwart.«

»Könnten Sie ihm«, fragte Krag langsam, »einen derartigen Geniestreich zutrauen, wie zum Beispiel ganz Christiania in Dunkelheit zu versetzen?«

»Ich würde nur die Absicht nicht verstehen,« erwiderte der Chef mit einem Achselzucken.

Hiermit sah Krag seine Untersuchung für beendet an, er dankte für alle Mitteilungen und ging, um weiter zu suchen, die geheimnisvollen Wege dieses merkwürdigen Ingenieurs zu kreuzen.

V

Die Gummihandschuhe

Krag suchte seinen Begleiter vom Beginne der Jagd nach Barra auf, den Telegrapheningenieur Holst. Dieser hatte ihm auch nichts Neues mitzuteilen. Seit dem viel besprochenen Vorfall mit den Börsentelegrammen waren die Drähte in ausgezeichneter Ordnung gewesen, und Holst meinte, daß Barra jetzt wohl ganz aus dem Spiele war.

»Warten Sie nur,« sagte der Detektiv mit einem ruhigen Lächeln. »Ihr seid auch noch nicht mit ihm fertig!«

»Was meinen Sie?«

»Ich fange an, einen Sinn in dem Ganzen zu ahnen. Er war es auch, der gestern das Licht in der ganzen Stadt gelöscht hat.«

»Ist das möglich?«

»Er arbeitet nach einem bestimmt entworfenen Plane, indem er jetzt seine Kräfte prüft.«

»Welchem Plan?« fragte Holst erstaunt.

»Ach, Sie wissen, im Dunkeln läßt sich Gold gewinnen, wenn man sich selbst mit Licht- und allen Maschinenkräften betätigen kann. Darum darf man diesen Herrn auch keinen Moment aus dem Auge verlieren,« fügte der Detektiv nachdenklich hinzu.

»Sind Sie ihm hier in Christiania schon begegnet?« fragte Holst.

»Ja, aber bisher hat er mich zu vermeiden gewußt. Ich gehe jetzt ins Elektrizitätswerk, vielleicht kann ich ihn dort treffen und die Waffen kennenlernen, die er in Händen hat. Kommen Sie vielleicht mit?«

Der Telegrapheningenieur war sogleich bereit, sich ihm anzuschließen, und dort angekommen, bat Krag um eine Unterredung mit dem Chef des Werkes.

Als dieser kam, fragte Asbjörn Krag, ob er und sein Freund den Dynamoraum sowie den anstoßenden Raum noch einmal sehen könnten.

»Irgendeine Spur?« fragte der Chef.

»Ich kann noch nichts Bestimmtes sagen,« erwiderte der Detektiv. »Aber vielleicht – bald!«

Der Chef führte ihn selbst herum, wobei Krag scharf alle Arbeiter beobachtete, während er so tat, als wenn er sich lebhaft für die Maschinen interessieren würde. Doch fand er offenbar nicht, was er suchte. Er bat nun um die Erlaubnis, in den höchstgespannten Raum zu gehen, wo Unbefugten sonst nie der Zutritt gestattet war. Der Chef willigte ein und kam der Sicherheit halber selbst mit.

Dort drinnen sah Krag mehrere Arbeiter an den Leitungen beschäftigt und unter ihnen – Ingenieur Barra. Es war kein Zweifel möglich: das kleine rotbärtige Männchen, dessen scharfe graue Augen jetzt den seinen mit einem funkelnden Blick begegneten, war der, den er suchte. Jetzt galt es! Jetzt würde er ihm nicht entschlüpfen!

»Wer ist dieser Mann?« fragte der Detektiv.

»Das ist der Monteur der elektrischen Firma, die ich Ihnen gegenüber erwähnte, ein außerordentlich tüchtiger Mann,« fügte der Chef hinzu.

Im selben Augenblick trat Ingenieur Barra einen Schritt vor und begrüßte den Polizisten. Ein Lächeln des Wiedererkennens schien über sein Antlitz zu huschen.

»Nein, sind Sie es?« sagte er. »Das ist doch nett, Sie wiederzusehen.«

Asbjörn Krag stutzte. Was meinte, was wollte er jetzt?

»Soweit mir bekannt ist, haben wir noch nicht miteinander gesprochen,« bemerkte Krag. »Aber ich möchte schon gerne mit Ihnen reden,« fügte er mit einem ironischen Lächeln und einer Verbeugung hinzu.

»Ja gewiß, ja gewiß, mit dem größten Vergnügen,« rief der kleine Ingenieur geschäftig. »Aber kommen Sie nur zuerst her, Herr Polizist, dann will ich Ihnen die Ursache zeigen, nach der Sie jetzt suchen.«

Barra trat rasch an eine der Leitungen und Krag kam unwillkürlich mit. Er bemerkte, daß Barra Gummihandschuhe anhatte, wie alle Arbeiter, wenn sie sich in hochgespannten Räumen bewegen.

Plötzlich dreht Barra sich um und ergreift beide Hände Asbjörn Krags. »Nehmen Sie sich in acht,« ruft er, »kommen Sie nicht zu nahe – an mich heran,« fügte er dann leise zischend hinzu, so daß nur Krag die letzten Worte auffassen konnte.

Im selben Augenblick hatte Asbjörn Krag das Gefühl, als müßte er in tausend Stücke zersplittern. Er stürzte auf dem Boden zusammen und wand sich in den grauenvollsten Schmerzen.

Der Aufseher beugte sich über ihn. »Ungefähr tausend Volt. Ein bedauerlicher Unglücksfall! Aber er lebt doch, Gott sei Dank!«

Holst, der mit hereingekommen war, fixierte Barra scharf. Irrte er sich – oder huschte nicht ein triumphierendes Leuchten über das Antlitz des rotbärtigen Erfinders?

Holst trat knapp auf ihn zu.

»Können Sie das verstehen?« sagte er scharf.

Barra erwiderte nichts, sondern sah ihn nur mit ein Paar Augen an, die nichts Gutes verhießen.

»Sie haben ihn doch zu den Leitungen hingebracht,« fuhr der Telegrapheningenieur fort. Der Betriebsdirektor sah bei diesen Worten aufmerksam den flinken Monteur an – wer war er eigentlich?

»Sie verlieren Ihre Zeit, meine Herren,« sagte der Rotbärtige. Seine Stimme war trocken und kalt.

»Verlieren die Zeit – Sie meinen?«

»So holen Sie doch einen Arzt! Einen Arzt natürlich,« erklärte Barra.

Es geschah. Gleichzeitig kam Asbjörn Krag wieder zu sich, er richtete sich halb auf den Ellbogen auf und versuchte, einige Worte zu stammeln. Seine Augen ruhten unverwandt auf Ingenieur Barra. Holst beugte sich über ihn, um aufzufangen, was er sagen wollte.

»Die Gummihandschuhe,« brachte der Detektiv kaum hörbar heraus, »passen Sie auf die Gummihandschuhe auf!«

»Er meint, daß die Gummihandschuhe die Schuld haben,« rief Holst heftig und deutete auf Barras Hände.

Barra stutzte, warf dem Detektiv einen raschen Blick zu, zuckte dann höhnisch die Achseln, streifte rasch die Handschuhe von den Händen und reichte sie dem Chef des Werks.

»Er phantasiert natürlich,« sagte er. »Bitte, hier sind die Handschuhe.«

Der Chef sah verständnislos vom einen zum andern, aber nahm doch die Handschuhe und untersuchte sie.

»Es ist nichts Besonderes an diesen Handschuhen,« sagte er dann. »Es sind ebensolche, wie wir sie alle tragen, wenn wir in hochgespannten Räumen zu tun haben.«

Als der Arzt kam, war Krag wieder bewußtlos. Nach einer gründlichen Untersuchung erklärte er, daß der Detektiv dieser ernsten Katastrophe mit heiler Haut entgangen sei. Von einer Lebensgefahr konnte nicht mehr die Rede sein, aber immerhin würde es noch einige Zeit dauern, bis er wieder auf den Beinen war.

»Gott sei Dank,« dachte Holst, »dann wird er aber auch den kleinen Schurken dort zu treffen wissen.« Und er warf Barra einen Blick zu, den dieser mit einem spöttischen Lächeln erwiderte. Holst zweifelte nicht mehr an dem Zusammenhang der Dinge und schwor sich selbst zu, alle seine Kräfte dafür einzusetzen, um mit Krag zusammen diesen Schurken zu entlarven.

»Wie lange glauben Sie, daß es dauern wird?« fragte Holst den Arzt.

»Ach – mindestens fünf, sechs Tage, vielleicht länger, das hängt von der Konstitution ab,« erwiderte der Arzt.

»Ich«, begann Barra mit seiner trockenen scharfen Stimme, »habe einen ähnlichen Fall gesehen, da wurde der Mann nie wieder der Alte. Und durch eine zweite Unvorsichtigkeit wurde er getötet – wie vom Blitz erschlagen,« fügte er hinzu und bohrte seine Augen in die Holsts.

»Ja, vor so etwas ist wohl nur der Mann im Monde sicher,« erwiderte Holst, ohne zu blinzeln.

Barra verbeugte sich ironisch, während die anderen verständnislose Gesichter zu der Bemerkung machten.

»Hat man einen Wagen geholt?« fragte der Arzt nun.

»Ja.«

Einige Augenblicke später wurde Krag in den Wagen getragen und nach Hause geführt. Holst kam mit und blieb dann an dem Bett des noch bewußtlosen Kranken sitzen, während der Arzt, nachdem er seine Anordnungen getroffen hatte, ging, um später wiederzukommen.

Nach einigen Stunden qualvollen Wartens sah der Telegrapheningenieur zu seiner Freude, daß Krag die Augen ganz aufschlug. Er versuchte, sich auch im Bett aufzurichten, aber vermochte es nicht. Dann blieb er ruhig liegen und starrte ernst vor sich hin, ganz als sammelte er alle seine Gedanken. Holst unterbrach ihn darum mit Absicht nicht.

»Ich bin zu Hause, wie ich sehe,« begann Krag endlich.

»Ja, und in ausgesprochener Besserung,« stimmte Holst zu.

»Der Stoß war also wirklich nicht tödlich. Das wird er noch bereuen.«

»Wer? Was?« fragte Holst.

»Nur Geduld,« erwiderte Asbjörn Krag mit einem Anflug seines alten verschmitzten Lächelns. »Wie lange muß ich nach Ansicht des Arztes hier liegenbleiben?« Und er sah seinen neuen Freund gespannt an.

»Der Arzt meint, so fünf bis sechs Tage,« erwiderte dieser.

»Wann hat er das gesagt?«

»Als Sie bewußtlos im Elektrizitätswerk lagen.«

»Wer hat es gehört?«

»Wir alle, die wir rings herumstanden.«

»Also der Rotbärtige auch?«

»Ja, der auch.«

»Schien es ihn besonders zu interessieren?«

»Ja,« rief der Telegrapheningenieur eifrig, »das ist mir eben aufgefallen!«

»Fünf bis sechs Tage« – Krag schüttelte ungeduldig den Kopf. »Nein, das ist zu viel. Ich muß in drei wieder auf den Beinen sein. Oder sagen wir allerhöchstens in vier. Können wir uns auf den Arzt verlassen?«

»Absolut. Ich kenne ihn persönlich.«

»Gut. Hören Sie, Holst, Sie müssen mir einen Gefallen erweisen.«

»Mit tausend Freuden.«

»Es muß das Gerücht verbreitet werden, daß mein hilfloser Zustand mindestens zehn Tage dauern wird. Sorgen Sie nur ja dafür, daß Barra dies erfährt.«

»Es wird geschehen, aber welchen Zweck soll das eigentlich haben?«

»Ich will diesen rotbärtigen Teufel hinters Licht führen. Bisher habe ich ihn unterschätzt, aber jetzt wird er diesen Fehler begehen. Während er mich hier krank und elend glaubt, bin ich in vollster Tätigkeit, ihn zu durchschauen und alle Karten in die Hand zu bekommen.«

»Was führt er denn eigentlich im Schilde, dieser Mann?« rief der Ingenieur.

»Er bereitet irgendeinen furchtbaren Coup vor. Er ahnt mich – ganz wie ich ihn. Darum mußte er mich für einige Tage aus dem Wege schaffen. Und ich Narr ging pardauz in die Falle, die allerdings recht schlau war – dies eine Mal.«

»Fürchten Sie nicht, daß er seinen Coup schon heute oder morgen ausführt?«

»Kaum – er hat offenbar noch nicht alles in Ordnung.«

»Wann erlangen Sie Klarheit über seinen geplanten Coup?«

»Ich habe noch keine Klarheit. Aber mein Spürsinn – meine Ahnung, wenn Sie wollen – für das Richtige hat mich noch nie im Stich gelassen. Und ich sah in seinem absonderlichen Arbeitsraum das, was niemand anderer entdeckte – und bringe es in Zusammenhang mit seiner unerlaubten telegraphischen Tätigkeit.«

Asbjörn Krag schloß nun wieder ermattet die Augen. Der junge Telegrapheningenieur blieb eine Weile stehen und sah ihn an, voll Bewunderung für seine Willenskraft und Energie, die sich sogar in diesem hilflosen Zustand offenbarte. Dann verließ, da er sah, daß der Detektiv wieder schlief, er leise das Zimmer, um seinen Auftrag auszuführen. Vorher trug er der Hauswirtin strenge auf, Krag zu überwachen und niemand anderen als ihn und den Arzt, gleichviel unter welchem Vorwand, zu dem Kranken zu lassen. Bei seinem jetzigen Zustand konnte sein Leben auf dem Spiele stehen. Wenn jemand sich nach seinem Befinden erkundigte, sollte sie sagen, daß Krag mindestens zehn Tage das Bett hüten müsse. Holst machte ihr begreiflich, daß diese Antwort von höchster Wichtigkeit für Krag war, und ging, nachdem er ihr noch eine Telephonnummer gesagt hatte, die sie im Notfall aufrufen konnte, um ihn zu erreichen.

Da die Ordinationsstunde des angesehenen Arztes, den man zu Asbjörn Krag gerufen hatte, schon vorbei war, nahm Holst einen Wagen und suchte den Doktor in seiner Privatwohnung auf. Er schickte seine Karte hinein, auf der er den Anlaß seines ungewöhnlichen Besuches angegeben hatte, und wurde sofort vorgelassen.

»Nun?« fragte der Doktor, nachdem er Holst begrüßt hatte. »Sie haben mir etwas mitzuteilen? Wie steht es mit unserem Patienten?«

»Er ist wieder zu sich gekommen. Aber jetzt schläft er tief.«

»Das ist recht! Hat er etwas Besonderes gesagt – vielleicht phantasiert?«

»Im Gegenteil,« rief Holst. »Ich bin voll Bewunderung für seine phänomenalen Geistesgaben. Er hat hier einen gefährlichen Schurkenstreich durchschaut, wenn nicht noch Schlimmeres.«

»Trotz seinem Zustand?«

»Gerade dadurch – vielleicht.«

»Ja,« sagte der Arzt nachdenklich, »ich habe auch die ganze Zeit den Verdacht gehabt, daß da irgend etwas nicht stimmt. Ein Mann wie Asbjörn Krag ist in einem solchen lebensgefährlichen Raum nicht leicht ohne weiteres so unvorsichtig. Was sagte er selbst darüber?«

Holst überlegte einen Augenblick und sah dann den Arzt mit einem scharfen Blick an.

»Es handelt sich hier um eine sehr ernste Sache, der Krag schon lange auf der Spur ist.«

»Das dachte ich mir.« Und der Arzt blinzelte verständnisvoll.

»Asbjörn Krag hat mir ein Geheimnis anvertraut,« fuhr Holst fort, »ein ernstes Geheimnis.«

»Nun?«

»Und er hat mich gebeten, Ihren Beistand zu erbitten.«

»Er steht Ihnen zu Diensten.«

»Aber bevor ich die Sache näher erkläre, muß ich Ihr Ehrenwort verlangen.«

»Wozu?« unterbrach der Arzt. »Das ist nicht notwendig. Ich verstehe, daß es sich um eine ernste Sache handelt, und auf mich können Sie sich unbedingt verlassen. Außerdem ist es nicht das erstemal, daß Asbjörn Krag und ich uns treffen. Er hat mir einmal einen unschätzbaren Dienst erwiesen. Erinnern Sie ihn nur an die ›Witwe mit den zwei Kindern‹, dann wird er schon wissen, daß er in mir einen unbedingten Bundesgenossen hat.«

»Schön! Hier handelt es sich also um ein großes, fein ausgesonnenes Verbrechen.«

»Das kann ich mir denken.«

»Es ist ein Mann, der das gefährlichste Hindernis, Asbjörn Krag, für einige Tage weghaben will.«

»Verstehe.«

»Aber er will kein Mörder sein.«

»Ist auch viel riskanter.«

»Haben Sie den rotbärtigen Mann unten im Elektrizitätswerk gesehen? Den mit den Gummihandschuhen?«

»Ja, der Mann ist mir sogar aufgefallen.«

»Nun, der ist es.«

Der Doktor nickte.

»Infolge Ihres Ausspruchs dort unten«, fuhr Holst fort, »glaubt er und alle, daß Krag infolge des elektrischen Schlages etwa sechs Tage in mehr oder weniger bewußtlosem Zustande daliegen wird.«

»Das finde ich begreiflich, ja.«

»Aber Asbjörn Krag selbst, als er kürzlich wieder zu Bewußtsein kam, meinte, daß er es in drei oder vier Tagen machen würde. Ja, er müßte es und er würde es – durchaus.«

»Hm,« lächelte der Arzt. »Krag hat ja eine ganz einzige Willensstärke und ungewöhnliche Körperkräfte, also wir werden sehen. Wir werden schon sehen.«

»Nun wünscht aber Krag, daß dies nicht bekannt wird. Alle, verstehen Sie, müssen glauben, daß seine Krankheit mindestens zehn Tage anhalten wird.«

»Und Sie wollen also von mir, daß ich das verbreite?« fragte der Arzt.

»Allerdings. Das ist Krags Wunsch. Und einem gegenüber ist es von besonderer Wichtigkeit.«

»Dem rotbärtigen Ingenieur – Barra heißt er, scheint mir?«

»Sie kennen ihn?« fragte Holst verblüfft.

»Er war hier – unmittelbar, bevor Sie kamen. Er wollte sich erkundigen.«

Der Telegrapheningenieur sprang mit einem Ausruf der Enttäuschung auf – »Also doch alles verloren.«

»Durchaus nicht,« erwiderte der Doktor gelassen. »Er hat nichts erfahren.«

»Warum nicht?«

»Weil ich ihn gar nicht empfangen habe,« bemerkte der Arzt mit einem leisen Lächeln. »Mir hat der Mann auf den ersten Blick mißfallen.«

»Aber wie soll er dann die Nachricht von den zehn Tagen erhalten?«

»Ueberlassen Sie das mir,« sagte der Doktor. »Er wird schon wiederkommen, und dann empfange ich ihn bestimmt.«

»Dann bin ich vollständig beruhigt,« sagte Holst und erhob sich, um sich von dem Arzt zu verabschieden. Er wußte jetzt, daß er in ihm einen vortrefflichen Bundesgenossen erworben hatte.

Ein paar Stunden später war Holst wieder in Asbjörn Krags Wohnung. Die Wirtin öffnete ihm und teilte mit, daß Krag wieder schlief. Aber er war lange halbwach gelegen und hatte phantasiert, namentlich von einem Eisenbahnzug.

»Was hat er denn gesagt?« fragte Holst in großer Spannung.

»Unzählige Male hat er einen Namen ausgesprochen, Barra, glaube ich. Dann hat er von einem Eisenbahnzug gesprochen und von Telegrammen, die eingelaufen sein müssen, und von Sendungen von Goldsäcken. Es handelt sich um Menschenleben – Menschenleben, hat er dann mehrere Male gesagt.«

Holst ging in das Krankenzimmer. Krag lag da und schlief. Sein Gesicht war so weiß wie die Kissen, auf denen sein Kopf ruhte. Bei Holsts Eintreten wandte Krag den Kopf und sah zu ihm hin.

»Wie viele Stunden sind vergangen?« fragte er mit schwacher Stimme.

»Acht,« erwiderte Holst.

»Gott sei Dank. Da haben wir noch Zeit.«

»Kann ich vielleicht irgend etwas für Sie tun?« fragte der Ingenieur.

»Ja,« erwiderte der Detektiv etwas lebhaft. »Sie müssen Barra aufsuchen. Sie dürfen ihn nicht aus den Augen verlieren. Trachten Sie namentlich, zu erfahren, ob er etwas bei der Ostbahn zu tun hat – etwas mit den Eisenbahnzügen.«

»Das werde ich genau besorgen.«

»Wenn ich nur nicht so müde wäre,« seufzte Asbjörn Krag und griff sich fieberisch mit den Händen an die Stirn. »Haben Sie also mit dem Arzt gesprochen?«

»Ja, alles ist in Ordnung. Er ist unser Mann. Er bat mich, Sie zu grüßen und Sie an die ›Witwe mit den zwei Kindern‹ zu erinnern.«

»Ah,« rief Krag mit einem matten Lächeln. »Ja, ja, darum kamen mir seine Gesichtszüge in meiner Betäubung so bekannt vor. Ausgezeichnet! Der steht zuverlässig auf unserer Seite.«

Nach einiger Zeit begann sich der Kranke unruhig im Bette hin und her zu werfen. Er bemühte sich, herauszukommen und richtete sich auch auf den Ellbogen auf. Holst eilte zu ihm hin.

»Was haben Sie denn, lieber Freund?« fragte er. »Regen Sie sich doch nicht auf!«

»Wir sind so wenige, und sie sind so viele« rief Krag. »Der Teufel hat viele Fäden gesponnen –
überallhin. Darum muß er bewacht werden. Und das müssen vorläufig Sie tun.«

»Seien Sie ganz beruhigt. Das werde ich.«

Asbjörn Krag wies auf eine Schreibtischlade und bat Holst, sie herauszuziehen und ihm den
Revolver zu reichen, der zu oberst darin lag.

»Alle sechs Läufe sind geladen,« sagte er, »und ich fühle mich nicht sicher, wie ich daliege.«

Holst reichte ihm den Revolver, den der Kranke unter sein Kopfkissen schob.

»Ist es notwendig, daß ich Sie verlasse?« fragte Holst.

»Absolut. Sie müssen dem roten Teufel folgen. Hier handelt es sich um große Werte, vielleicht um viele Menschenleben.«

Der Telegrapheningenieur drückte Asbjörn Krag sanft in die Kissen zurück.

»Schlafen Sie jetzt,« sagte er. »Bedenken Sie. Wir müssen Sie bald wieder auf den Beinen
haben.«

»Ja,« seufzte Krag. »Ich bin auch so müde! Und vollständig hilflos! Aber meine Zeit kommt
schon. Nur Geduld, nur Geduld!«

Und damit schlummerte Asbjörn Krag wieder ein.

VI

Das Löschpapier

Im Laufe des dritten Tages konnte Asbjörn Krag tatsächlich das Bett verlassen, aber erst am Morgen des vierten Tages fühlte er sich frisch genug, um seine Arbeit wieder aufzunehmen. Während der Dauer der Krankheit hatten ihn nur der Arzt und der junge Ingenieur besuchen dürfen. Krag hatte Holst als einen rührigen, zuverlässigen Mann schätzen gelernt, wie er auch den Arzt schon von einer früheren Angelegenheit her kannte. Von diesem erfuhr er, daß Ingenieur Barra sich richtig noch einmal an ihn gewandt hatte, um sich nach Krags Befinden zu erkundigen. Und man hatte ihm nach dem Wunsche des Detektivs mitgeteilt, daß es mindestens seine acht bis zehn Tage dauern müßte, bis Krag außer Bett sein würde. Aber es war dem Doktor vorgekommen, als ob Barra bei dieser Nachricht gestutzt und ihn mit einem wunderlich prüfenden Blick gemessen hätte.

»Er stutzte?« fragte Krag. »Zeigte er denn keine Spur der Befriedigung – ich möchte beinahe sagen, der Freude?«

»Im Gegenteil. Es sah aus, als wäre er unangenehm überrascht, und er ging mit einem Grinsen, ohne zu danken, kaum daß er grüßte.«

»Hm! So, so! Er wird doch nicht etwa ahnen.«

Nun war Asbjörn Krag sofort entschlossen, in die Stadt zu gehen. Er wollte absolut nicht mehr auf den Rat des Arztes hören, doch wenigstens noch einen Tag zu warten, um seine Kräfte zu sammeln.

»Nein, nein, jetzt gilt es, rasch zu handeln,« rief er. »Jede Stunde, die uns noch enteilt, kann verhängnisvoll werden.«

Sowohl der Doktor wie Holst wollten gerne an der weiteren Entwicklung der Sache teilnehmen und baten darum Krag inständig um die Erlaubnis, ihm weiter behilflich sein zu dürfen. Nach kurzer Ueberlegung ging der Detektiv darauf ein. Helfer mußte er ja doch haben, und da konnte er ebensogut zwei zuverlässige Freunde, die in die Entwicklung der Sache eingeweiht waren und vor Interesse und Spannung glühten, verwenden, wie irgendwelche Beamte der Detektivabteilung.

Nun waren sie also ihrer drei auf der Jagd nach dem Rotbärtigen zur Verhinderung seiner verbrecherischen Pläne. Asbjörn Krag selbst, der Doktor und der junge Telegrapheningenieur, alle gleich darauf erpicht, diesem kleinen gefährlichen Elektriker das Spiel zu verderben.

»Hoffentlich«, sagte der Detektiv, »ist Barra wenigstens jetzt noch in der Meinung, daß ich bettlägerig bin. Aber wir müssen jedenfalls überaus vorsichtig und behutsam auftreten.«

Er kramte eine Weile in seiner wohlausgerüsteten Garderobe, reich wie ein Maskengeschäft an den verschiedensten Verkleidungsgegenständen und -mitteln. Endlich fand er, was er brauchte, und begab sich wieder in sein Schlafzimmer. Der Doktor und der Ingenieur warteten in seinem kleinen Salon. Eine kleine halbe Stunde später erschien Krag wieder. Er war vollständig verändert und sah aus wie ein heimgekehrter begüterter Amerikaner oder ein glänzend gestellter englischer Geschäftsreisender. Sein schwarzes Haar war nun blond-gekräuselt, und er hatte sich einen kräftigen Vollbart zugelegt.

»Ich gehe zuerst, habe noch ein paar rasche Untersuchungen zu erledigen – wesentlich per Telephon an Hotels,« fügte er rasch hinzu. »Dann geht ihr, einer nach dem anderen, und wir treffen uns, präzise in einer Stunde, an der Ecke der Carl-Johannstraße und Ackersgasse. Wir müssen unsere Uhren vergleichen, dann kommt jeder aus einer anderen Richtung, ich aus der Carl-Johannstraße, ihr jeder aus einem anderen Teil der Ackersgasse, und wir stoßen zufällig zusammen.«

Nachdem die Uhren in Übereinstimmung gebracht waren, ging zuerst Krag, elastisch und kräftig, wieder trug er den Kopf leicht und stolz, wie ein Mann, der seiner selbst sicher ist, und niemand hätte ihm angesehen, daß er erst vor kurzer Zeit eine sichere Beute des Todes geschienen hatte. In angemessenen Zwischenräumen gingen dann zuerst der Doktor, zuletzt der Ingenieur.

Präzise zur versprochenen Stunde trafen sich die drei Bundesgenossen an der verabredeten Straßenkreuzung und begrüßten sich, die Ueberraschten spielend, auf das herzlichste.

Asbjörn Krag sprach laut und mit einem leicht merklichen fremden Akzent, so daß die Leute ihn ansahen. Sie spazierten ein Weilchen auf und ab, schienen sich dann über ein Lokal zu einigen und gingen ins Grand Café, wo sie sich in einer gemütlichen, ziemlich dunklen Ecke niederließen.

»Der Coup ist noch nicht ausgeführt,« sagte Krag mit leiser Stimme, als der Kellner ihnen die bestellten Getränke gebracht hatte, »aber nach meinen Untersuchungen zu urteilen, muß es jetzt bald losgehen.«

»Um was handelt es sich?« fragte Holst.

»Wahrscheinlich um einen Ueberfall, auf einen Eisenbahnzug, glaube ich. Barra hat viele Helfer.«

»Welchen Zug, und warum?«

»Ich kann es noch nicht mit Bestimmtheit sagen. Ich vermute, daß die eine oder andere Wertsendung in dem Zuge befördert wird, auf die er die Hand legen will.«

»Wertsendung, Diamanten vielleicht?«

»Kaum. Es ist mir noch unmöglich gewesen, darüber Klarheit zu erlangen. Eher dürfte es die Abbezahlung einer Staatsanleihe sein oder irgendeiner anderen ausländischen Kapitalplacierung.«

»Aber wie kann Barra davon erfahren haben?« fragte Holst.

»Sie vergessen,« erwiderte Krag mit leichtem Spott, »daß der rotbärtige Ingenieur sich ja jederzeit zum Herrn über eure Telegraphenlinien machen kann. Diese Art Telegramme aufzuschnappen war jedenfalls seine ursprüngliche Absicht. Uebrigens sind da noch mehrere mystische Punkte. Vor allem seine Experimente, das elektrische Licht in ganz Christiania auszulöschen. Sollte das eine Mitteilung an seine Mitverbündeten sein, oder? Nun ja, wir werden schon darauf kommen. Barra ist natürlich aus dem Elektrizitäts-Etablissement verschwunden, wo er seinen Experimentierraum hatte. Seine hauptsächlichsten Apparate hat er mitgenommen. Vorläufig wohnt er in einem Hotel.«

»Hotel? Wirklich?«

»Im Continental. Er ist jetzt ein feiner Herr geworden. Tritt im Zobelpelz auf. Vorläufig handelt es sich darum, jeden seiner Schritte zu bewachen, und dann wollen wir ihm eine kleine Falle stellen. Darum müßt Ihr beide inzwischen auf das Hotel aufpassen.«

»Jawohl. Das soll geschehen.«

»Er pflegt bis gegen ein Uhr in seinem Zimmer zu bleiben. Jetzt ist er dort. Ihr müßt hingehen und den Eingang bewachen, aber ohne Aufsehen zu erregen. Ihr werdet dort schon von mir hören.«

Krag trank sein Glas aus und verließ rasch das Lokal. Kurz darauf hatten die beiden anderen gegenüber dem Continental bei der Straßenbahnhaltestelle vor dem Nationaltheater Posten gefaßt. Sie taten, als ob sie auf einen bestimmten Wagen warteten, der ewig nicht kam, aber drüben an den Fenstern des Hotelcafés hinter der Gardine hätten sie ein Paar scharfe Augen sehen können, die sie lange und aufmerksam beobachteten.

Punkt ein Uhr sahen endlich die beiden Spione den Rotbärtigen herausspazieren. Er war außerordentlich elegant angezogen, mit einem Anflug berechneter Stutzerhaftigkeit in Kleidung und Auftreten.

Er sah sich weder nach rechts noch nach links um, sondern ging ganz ruhig und bestimmt die Storthingsgasse hinunter. Die beiden folgten langsam und vorsichtig nach. Nur nicht aus den Augen verlieren, hatte Krag gesagt.

»Die Jagd geht prächtig,« rief der Doktor vergnügt. »Er hat uns nicht gesehen.«

Ein Stück unterhalb der Tordenskjoldgasse stand eine Droschke und wartete. Plötzlich sprang der Rotbärtige hinein. Der Kutscher knallte mit der Peitsche, und die Droschke rollte rasch fort.

Das Ganze ging mit solcher Schnelligkeit vor sich, daß die beiden Herren wie gelähmt stehenblieben.

Der junge Telegrapheningenieur fand zuerst die Sprache wieder.

»Na! Das ist ja eine nette Geschichte. Wo zum Teufel hat er den Wagen hergekriegt?«

»Vorausbestellt! Stand natürlich da und wartete auf ihn,« erwiderte der Doktor in hoffnungslosem Aerger. »Er wußte von uns und nahm darum keinen Wagen beim Standplatz, wo wir ihn leicht hätten verfolgen können. Jetzt ist es unmöglich.«

»Was sollen wir also tun?«

»Es mit Gemütsruhe nehmen und wieder vor dem Hotel warten. Wir sind eben doch nur Amateure, mein lieber Holst, und sehr leicht naszuführen.«

In recht herabgestimmter Laune begannen die beiden Herren das Hotel so unauffällig als möglich zu umkreisen. Eine gute Stunde verstrich. Da sahen sie plötzlich den Wagen des Rotbärtigen in voller Karriere vom Storthing herankommen. Sie erkannten ihn sofort an dem Kutscher, einem rechten alten Wagenlenkertypus, bärtig, krummrückig und wettergebräunt. Der Wagen fuhr vor dem Hotel vor, und Ingenieur Barra stieg aus. Portier und Pikkolos kamen herangestürzt, als guter Beweis, daß der Rotbärtige ein besonders geschätzter Hotelgast sein mußte.

Die beiden Spione sahen, wie Barra den Kutscher bezahlte und, von den beflissenen Dienern gefolgt, in das Hotel verschwand. Dann gingen sie ein Stück den Munkedamsweg hinunter. Aber bald wurden sie von dem Wagen eingeholt, den Barra benützt hatte.

Der Kutscher rief sie an: »Nanu? Wollen Sie nicht fahren? Steigen Sie nur ein!«

»Nein, danke, das wollen wir durchaus nicht,« rief der Doktor etwas ärgerlich.

»Warum nicht, Doktor? Es würde Ihnen gut tun! Ihnen beiden, meine Herren!«

Der Doktor fuhr zusammen. Das war ja Asbjörn Krags Stimme. Und wahrhaftig – da stand er ja in Gestalt des Kutschers und öffnete ihnen den Wagenschlag. Seine scharfen Augen funkelten spitzbübisch unter den aufgeklebten, weißbuschigen Brauen.

»Rasch einsteigen,« flüsterte der Detektiv. Im Nu waren der Doktor und der Ingenieur in dem Wagen und Asbjörn Krag, der die Zügel wie ein geübter Kutscher führte, knallte mit der Peitsche: »Hoppla!«

Vor einem kleinen Hotel am unteren Ende der Rathausgasse blieb der Wagen stehen. Der Doktor und der Telegrapheningenieur stiegen rasch aus und gingen in das Hotel, in dessen Salon sie sitzenblieben und Asbjörn Krags Kommen abwarteten. Nach kurzer Zeit erschien er auch, diesmal in seiner früheren Verkleidung als heimgekehrter Amerikaner.

»Wir sind ganz Bewunderung!« rief der Doktor. »Wie haben Sie das nur zustande gebracht?«

»Ach, ganz einfach,« erklärte Krag. »Ich habe mir die Equipierung und den Wagen meines Freundes Elias ausgeborgt. Sowie es dem Portier des Hotels bei meiner Spionage klar geworden war, daß er es mit Asbjörn Krag zu tun hatte, stand er mir natürlich augenblicklich ganz zu Diensten. Jeden Tag gegen ein Uhr pflegte er für Barra um einen Wagen zu telephonieren, aber die Haltestelle des Wagens variierte, je nachdem, ob der Rotbärtige die Umgegend des Hotels sicher fand oder nicht. Als ich heute bei Elias die Telephonbotschaft bekam, mit meinem Wagen in der Tordenskjoldgasse zu sein, könnt' Ihr Euch denken, daß ich mich pünktlich einfand.«

»Ausgezeichnet,« nickte der Doktor. »Und was haben Sie nun – mit Verlaub – Neues entdeckt?«

»Ja,« begann Krag nachdenklich, »ich bin dem Ziel näher gekommen, aber ich habe noch ein gutes Stück bis hin. Einige Fäden habe ich schon in die Hand bekommen. Zuerst fuhren wir zum Bahnhof, wo Barra sich etwa eine Viertelstunde aufhielt. Wonach er hier schnüffelte, weiß ich noch nicht recht, aber natürlich hängt es mit seinen Plänen zusammen. So daß es sich bestätigt, daß es sich um etwas mit den Eisenbahnzügen handelt. Vom Bahnhof schickte er ein Telegramm ab, dessen Inhalt ich später telephonisch in Erfahrung gebracht habe. Das Telegramm war an einen Herrn Braekke, *poste restante*, Fredrikshald, adressiert und lautete: ›Haltet das Automobil für morgen klar. Barra.‹ – Das kann entweder ein wirkliches Automobil bedeuten, oder es ist eine verabredete Form für eine andere wichtige Mitteilung, ich bin eher geneigt, das erstere anzunehmen – Telegraph, Eisenbahn, Automobil, Dampfschiff vielleicht, das paßt alles zusammen.

»Dann fuhren wir«, erzählte der Detektiv weiter, »zum Hauptpostamt, wo Barra einige Briefe abholte. Wieder im Wagen, ich wollte eben fahren, stoppte er mich und sagte, er habe noch ein Telegramm zu besorgen. Er hielt sich etwa zwanzig Minuten auf dem Telegraphenamt auf, also das muß eine längere Botschaft gewesen sein. Dann fuhren wir direkt ins Hotel, und das übrige wißt Ihr.«

»Was soll jetzt geschehen?« fragte der Doktor.

»Zuerst gehe ich auf das Telegraphenamt.«

»Um Barras Telegramm aufzuhalten?«

»Im Gegenteil. Das soll nur abgesandt werden. Aber ich will nur den Inhalt erfahren. Bleiben Sie inzwischen nur hier sitzen, ich werde vielleicht sehr bald Ihre Hilfe brauchen, meine Herren.«

Krag ging. Im Telegraphenamt war man zuerst ungeneigt, ihm das betreffende Telegramm zu referieren, aber als Krag seine Arrestorder für Barra vorwies und mitteilte, daß es von äußerster Wichtigkeit sowohl für die Voruntersuchung, wie für den späteren Verlauf der Angelegenheit sei, daß der Inhalt des Telegramms sofort zur Kenntnis der Behörde gelange, wurde ihm die Kopie vorgelegt.

Krag, der ein langes Telegramm von besonderem Inhalt erwartet hatte, war nicht wenig erstaunt, zu sehen, daß die Depesche nur ein einziges Wort enthielt.

»Donnerstag« – stand da und war mit der Unterschrift Barra nach Fredrikshavn, Dänemark, adressiert.

»Sind außerdem keine anderen Telegramme von Herrn Barra aufgegeben worden?« fragte der Detektiv. – Die Antwort lautete verneinend.

»Ist etwa ein Bote aus dem Hotel Continental mit einem vielleicht nicht unterschriebenen Telegramm dagewesen, seitdem Barra da war?« fragte er weiter.

»Absolut nicht,« wurde ihm erwidert.

»Das ist doch sonderbar! Er hat sich doch gute zwanzig Minuten hier aufgehalten. Ist das niemandem aufgefallen?« fragte der Detektiv.

Der Beamte, der Barras Telegramm expediert hatte, trat nun vor:

»Doch,« sagte er, »mir ist der Mann aufgefallen, da es gerade ziemlich leer in der Halle war. Er schrieb so lange, daß ich äußerst erstaunt war, schließlich ein Telegramm aus einem einzigen Wort bestehend zu bekommen.«

»Er schrieb lange?« Und von einer Eingebung ergriffen, erkundigte sich Krag nach dem Abteil, wo er gesessen hatte. Dieses wurde ihm sogleich gezeigt. Krag begab sich hin und untersuchte das Pult, sowie alle Papiere genau. Dann kam er rasch in das Bureau zurück und fragte, ob er einen Spiegel haben könne. Ein kleiner, viereckiger Wandspiegel wurde heruntergenommen. Da es in der Halle wieder leer war, begleiteten mehrere der Telegraphisten Krag zu dem Abteil, sehr aufgeregt darüber, daß sie es offenbar mit einem gefährlichen Verbrecher zu tun gehabt hatten. Alle waren sich jetzt ganz klar darüber, daß der kleine, rotbärtige Herr ihnen gleich einen verdächtigen Eindruck gemacht hatte.

Unterdessen hatte Krag das zum Pult gehörige Löschpapier genommen und es vor den Spiegel gehalten. Er konnte ganz deutlich darin lesen: Donnerstag, Barra.

Dann drehte er das Löschpapier um und starrte eine Zeitlang aufmerksam in den Spiegel.

Plötzlich ließ er den Spiegel sinken, legte ihn weg, steckte das Löschpapier in die Tasche und verließ mit einem knappen Gruß eiligst das Telegraphenamt.

»Haben Sie bemerkt, wie blaß er war?« sagte einer der Telegraphisten. »Das wird eine ernste Geschichte!«

Asbjörn Krag eilte unterdessen dem Hotel in der Kirchengasse zu, höchst befriedigt von dem, was er dem unschuldigen Löschpapier entlockt hatte. Bei sich selbst dachte er, daß auch der schlaue, geniale Barra hier vermutlich an einer Bagatelle gescheitert war, einem kleinen, gedankenlosen Fehlgriff.

»Heute ist Dienstag,« sagte der Detektiv im Hotelsalon zu seinen zwei wartenden Freunden. »Donnerstag will Barra seinen Plan zur Ausführung kommen lassen. Und da brauche ich in besonderem Grade Euren Beistand.«

»Wir sind ungeheuer gespannt,« sagte der Arzt, »mehr zu erfahren. Daß wir Ihnen die ganze Zeit zur ausschließlichen Verfügung stehen, wissen Sie.«

Asbjörn Krag zündete eine seiner dunklen Havannas an und setzte sich in der Sofaecke bequem zurecht.

»Es bestätigt sich diesmal, wie schon so oft,« begann er langsam, während er den Zigarrenrauch in großen Ringen von sich blies, »daß der sorgsamst berechnete Plan versagt, weil der Betreffende eine Bagatelle übersehen oder halb unbewußt einen ganz kleinen Fehlgriff begangen hat. Gerade diese kleinen Fehler werden zu den großen Löchern. In diese Spalten dringen wir Detektive ein und erweitern sie, bis sie zu dem Abgrund werden, in den der Verbrecher kopfüber stürzt.«

»Ingenieur Barra hat also solch eine kleine Spalte? Sie haben sie in seinem Plan gefunden?« fragte der Doktor gespannt.

»Ja, und hier ist sie,« erwiderte Krag mit einem Lächeln, indem er das Löschpapier hervorzog.

Die beiden anderen studierten es genau, ohne etwas Besonderes zu entdecken. Das Löschpapier schien noch wenig gebraucht, war ihre hauptsächlichste Beobachtung.

»Ja, Gott sei Dank,« sagte der Detektiv. »Eben darum druckt es besser ab, und Barra hätte die Folgen dieses Abdrucks bedenken müssen.«

»Aha, ich verstehe,« rief der Arzt, sprang rasch auf und hielt das Löschpapier vor den Salonspiegel.

»Das ist ja die Kopie eines Telegramms nach Fredrikshavn,« rief der Doktor. »Donnerstag, Barra, steht da. Was soll das bedeuten?«

»Wollen Sie die Güte haben, das Löschpapier umzudrehen?« sagte Krag.

»Ah,« rief der Arzt, »das ist ja ein ganzer Brief!«

»Richtig. Seien Sie so freundlich, ihn auf ein Papier aufzuzeichnen, die Worte und die Linien, die Sie herausbringen können.«

»Ab und zu ist es ganz unleserlich,« sagte Holst, »andere Stellen fehlen total.«

»Ja, ja, sie haben eine miserable Tinte im Telegraphenamt. Aber schreiben Sie nur.«

Als die Abschrift ausgeführt war, sah sie so aus:

… und mit Hil … 000 Kronen könn … die Erfindung … führt werden … Ic … age alles bei dieser … on … ie müssen die Ve … ung für die Schienen und die Lan … se übern … Wenn je … er seine Pflicht … muß der C … gelingen. Wir treffen uns wie vereinbart.

»Ausgezeichnet,« sagte Krag, als er das Abgeschriebene durchgelesen hatte.

»Das ist nicht schwer zu vervollständigen. Der letzte Teil der Mitteilung, den wir hier haben, lautet: ›Und mit Hilfe von soundsoviel Tausend Kronen können die Erfindungen ausgeführt werden. Ich wage alles bei dieser Spekulation. Sie müssen die Verantwortung für die Schienen und die Landstraße übernehmen.‹ Der Rest ist ganz deutlich, da die Tinte am Schluß des Schreibens noch nicht so trocken war wie im Anfang.«

»Ich muß gestehen,« sagte der Doktor, »daß ich noch nicht recht verstehe.«

»Nun ja, Sie wissen ja auch noch nicht alles, was ich weiß. Vom Telegraphenamt ging ich in die Zentralbank und erfuhr von einem zuverlässigen Freund, den ich dort habe, daß mit den Schnellzügen der Südbahn häufig große Sendungen Goldgeld kommen und gehen, als Ein- und Abzahlungen der großen Institute der verschiedenen Länder. Diese Sendungen werden natürlich so geheim als möglich gehalten. Man kündigt sie telegraphisch an und sendet immer einen Wächter mit, der sich die ganze Zeit in dem rückwärtigsten Wagen aufhält, wo die Goldkörbe untergebracht sind. Wir können davon ausgehen, daß Donnerstag eine solche große Goldsendung abgeschickt werden wird, und daß Barra davon erfahren hat.«

»Aha,« rief der Telegrapheningenieur. »Das hat er unten in dem Küstendorf aufgeschnappt.«

»Gewiß. Oder wir gehen jedenfalls davon aus, daß es der Fall ist. Doch ist Barra offenbar ein großer Schurke, der gegebenenfalls vor nichts zurückscheut. Schon gar nicht, wenn es sich um seine Sonderstellung als Gelehrter und Erfinder handelt. Dann sind Menschen und Institutionen für ihn nicht mehr wert, als die toten Zahlen, mit denen er kaltblütig rechnet. Jetzt beschäftigt er sich mit großen Erfindungen, in denen er eine neue Epoche für die Wissenschaft und Reichtum und Ehre für sich selbst sieht. Das beweisen seine Experimente in dem Küstendorf, sein Handhaben der Elektrizitätskräfte hier in der Stadt ganz deutlich.

Er wollte seiner Sache erst ganz sicher sein und hat sie hier in dem fernen Norwegen ausprobiert, wo er glaubte, daß seine Intelligenz leicht alle besiegen würde, die es wagten, sich ihm in den Weg zu stellen. Er steht, kurz gesagt, knapp am Ziele. Jetzt handelt es sich nur darum, das nötige Geld zu beschaffen. Was ist da natürlicher, als daß er mit allen seinen Kräften einen kühnen Coup wagt, den er bis auf die kleinste Kleinigkeit berechnet zu haben glaubt, um sich dieses elende Gold zu erwerben. Jetzt werden Sie natürlich fragen, in welcher Verbindung das Fredrikshavner Telegramm mit dieser Sache steht. Hier kann nach meiner Wahrscheinlichkeitsberechnung nur *eine* Kombination möglich sein. Ich denke mir Barras Plan als eine Entgleisung des Wagens, in dem das Gold ist. Aber von der Entgleisungsstelle müssen die Werte doch rasch weitergebracht werden. Darum das Telegramm nach Fredrikshald: Haltet das Automobil für Donnerstag parat. Das Gold soll offenbar von der Entgleisungsstelle per Automobil nach – ja, wohin gebracht werden? Hier gibt uns das Fredrikshavner Telegramm die Antwort. Kommt es Ihnen nicht wahrscheinlich vor, daß das Wort ›Donnerstag‹ sagt, daß sein Mithelfer an diesem Tage dort unten an einer vereinbarten Stelle z. B. mit einem kleinen Dampfboot warten soll. Barra könnte doch nicht gut einen norwegischen Dampfer benützen. Da wäre das Risiko zu groß. Bis dahin ist, glaube ich, meine Kombination des Sachverhalts unangreifbar.«

»Absolut!« rief der Doktor, begeistert über die Klarheit, mit der Asbjörn Krag seine scharfsinnigen Anschauungen dargelegt hatte. »Aber nun ist noch eines unaufgeklärt: wo soll diese Entgleisung herbeigeführt werden?«

»Richtig. Vorläufig kann man nur annehmen, daß es ein Punkt in der Nähe der See sein muß. Viel spricht für einen Ort in der Nähe von Moß, genügend weit von Christiania in verhältnismäßig ödem Landdistrikt. Gegen den ganzen Zug und seine vielen Passagiere wagt Barra offenbar kein Attentat. Darum hat er sich einen sinnreichen Apparat ausgesonnen, den letzten Wagen mit dem Bankdiener und dem Gold plötzlich abzukoppeln. Uebernehmen Sie die Verantwortung für die Schienen, das heißt, daß sein Mechanismus korrekt wirken wird.«

»Ausgezeichnet!« rief der Doktor.

»Nun kommen wir«, fuhr der Detektiv fort, »zu dem Punkt, der mir noch dunkel ist. Ich habe Ihnen schon erzählt, daß Barra sich bei unserer Wagenfahrt über eine Viertelstunde auf dem Bahnhof aufgehalten hat.«

»Jawohl.«

»Ich habe nun erfahren, daß er dort ausschließlich Interesse für die Lokomotive Nummer 72 gezeigt hat, die neue, große Schnellzugsmaschine. Als Eisenbahningenieur hatte er unbehindert Zugang, die Maschinen zu besichtigen. Niemand beachtete übrigens, was er oben auf dieser großen Lokomotive tat. Aber dann begab er sich zu dem diensttuenden Maschineningenieur und sagte, daß er mit dieser Lokomotive Nummer 72 nie fahren würde. Der Beamte fragte ihn erstaunt, was denn damit los sei? ›Sehen Sie doch selbst‹, antwortete Barra und wies auf den Zylinder. Und wirklich – bei näherer Untersuchung fand der Ingenieur einen großen Fehler daran, der zu einer furchtbaren Katastrophe hätte führen können. Alle Nachforschungen, wie dieser Fehler entstanden sein kann, führten zu keinem Resultat. Das Ganze war völlig mystisch. Unterdessen war Barra verschwunden.«

»Natürlich war er es, der – –,« begann der Telegrapheningenieur.

»Aber warum?« unterbrach der Detektiv. »Das verstehe ich eben nicht. Soll ein Attentat gegen die Lokomotive selbst gerichtet werden oder nicht – und warum dann noch auf einen Fehler aufmerksam machen? Will er ihn selbst reparieren wie im Elektrizitätswerk? Nummer 72 fährt immer die Nachtschnellzüge. Aber soviel weiß ich, an der Spitze des Kontinentalzuges Donnerstag abend wird eine andere Lokomotive stehen! Da wird sich der gute Mann verrechnet haben!«

»Ich finde nur,« rief der Doktor, »daß die Sache doch schon spruchreif ist. Darum begreife ich nicht, warum in aller Welt Sie ihn nicht arretieren.«

»Wenn wir jetzt zur Arretierung schritten,« erwiderte lächelnd der Polizist, »dann hätten wir das ganze Spiel verloren. Wir haben nicht die geringsten Beweise für die Verbrechen, deren wir ihn für fähig halten. Hier handelt es sich nicht nur darum, diese zu verhindern, sondern auch tatsächlich eine ganze Bande gefährlicher und desperater Schurken zu fassen. Leute, die zur Zerstörung der Gesellschaft kein Mittel scheuen, um ihr Ziel zu erreichen.«

»Sie meinen, daß wir sie alle fassen werden?«

»Nun eben – und zwar dadurch, daß wir dem rotbärtigen Ingenieur freie Hand lassen, bis er uns am Donnerstag, das heißt in zwei Tagen, als reife Frucht in den Schoß fällt.«

»Aber – nehmen Sie an, daß etwas Unvorhergesehenes geschieht und Sie die Katastrophe nicht mehr verhindern können!«

»Ich riskiere es. Ich habe in meinem Polizeidienst schon waghalsigere Spiele gespielt als dieses. Die Spannung ist auch meine Triebfeder, um schließlich zu siegen. Diese Wartezeit hat nur *eine* wirkliche Gefahr.«

»Und worin besteht sie?«

»Daß Ingenieur Barra den Schwindel mit meiner Krankheit durchschaut und deshalb vielleicht umsattelt.«

»Das ist doch ausgeschlossen.«

»Barra ist offenbar sehr mißtrauisch. Wir müssen noch irgend etwas tun, um ihn in seinem Glauben an meine gegenwärtige Hilflosigkeit zu bestärken.«

»Wie meinen Sie das?«

»Ich meine, daß Sie, Doktor, mit einer Botschaft von mir zu Herrn Barra gehen sollen.«
Der Doktor zuckte zusammen.

»Warten Sie nur: Sie ersuchen ihn, zu einer Unterredung, in die Sie eingewilligt haben, zu mir zu kommen.«

»Dann entdeckt er natürlich sofort den Betrug,« wendete der Doktor ein.

»Ueberlassen Sie diese Komödie nur ruhig mir,« erwiderte Asbjörn Krag. »Also adieu, bis Sie mit dem Ungeheuer anrücken. Holst begleitet mich.«

Der Arzt begab sich in das Hotel des Rotbärtigen. Krag ließ einen Wagen holen und fuhr mit dem jungen Telegrapheningenieur nach Haus, um den Besuch vorzubereiten.

VII

In der Höhle des Löwen

Die Hausfrau öffnete die Tür nicht, sondern riß sie auf, sowie sie nur Asbjörn Krags Stimme draußen hörte. Und als sie ihn sah, strahlte ihr Gesicht förmlich vor Freude, und sie rief aus tiefstem Herzen: »Gott sei Dank, da sind Sie ja wohlbehalten!«

Der Detektiv sah sie mit gerunzelten Brauen an.

»Nanu,« rief er. »Jetzt haben Sie sicher trotz aller Ermahnungen wieder eine Dummheit angestellt.«

»Ich?« fragte die Hausfrau erstaunt. »Ich habe doch überhaupt nicht das mindeste getan.«

»Warum sind Sie denn so froh, mich wohlbehalten zu sehen?«

»Ich dachte, ich glaubte,« begann die Hausfrau zu stammeln.

»Ich bin sicher,« brach Krag barsch ab, »daß jemand dagewesen ist und nach mir gefragt hat.«

»Nein, es ist gar niemand dagewesen, niemand hat gefragt,« beteuerte die Wirtin.

Krag setzte sich und dachte einen Augenblick nach. Der junge Telegrapheningenieur stutzte, als er das Gesicht des Detektivs betrachtete. Noch nie hatte er ihn so brutal gesehen.

»Aber Sie haben doch meine Botschaft bekommen?« fragte Krag, an die Frau gewendet.

»Das schon,« erwiderte sie, »und darum bin ich eben so froh, Sie zu sehen. Ich weiß ja von früher her, daß es immer Ernst ist, wenn Sie Ihre Revolver holen lassen.«

»Ja so, meine Revolver. Wie sah denn der Bote aus?«

»Der Bote,« erwiderte die Frau im höchsten Grade erstaunt. »Das war doch natürlich dieser Wachmann.«

»So, dieser Wachmann? Wirklich? Sie sind eine Gans, Sie können gehen.«

Die unglückliche Frau zog sich eiligst durch die Tür zurück.

Krag sprang ärgerlich auf.

»Jetzt hat sie mir durch diese Dummheit das Ganze verdorben,« sagte er.

»Sie haben Ihre Revolver also nicht holen lassen?« fragte der Telegrapheningenieur.

»Nein, keineswegs.«

»Aber wer war dann der Wachmann?«

»Natürlich einer von Barras Helfershelfern, wenn er es nicht selber war. Barra hat auf jeden Fall mit größter Leichtigkeit herausgebracht, daß ich nicht krank bin. Jetzt handelt es sich nur darum, ob er nicht zuviel von dem ahnt, was ich inzwischen entdeckt habe.«

Im selben Augenblick läutete die Wohnungsglocke.

»Das ist der Doktor,« sagte Holst, »aber der Rotbärtige ist mit.«

»Natürlich,« erwiderte Asbjörn Krag. »Eigentlich hätte ich jetzt simulieren sollen, aber das hat also keinen Zweck.«

Man hörte zwei verschiedene Männerstimmen aus dem Vorzimmer.

Holst und der Detektiv nickten einander verständnisvoll zu.

Man hörte den Doktor sehr laut sprechen.

Der Telegrapheningenieur sagte sich, daß er das tat, um Asbjörn Krag zu warnen.

Einen Augenblick darauf wurde die Türe geöffnet und die Portieren zurückgeschlagen.

Ingenieur Barra trat zuerst ein. Hinter ihm kam der Arzt, der einen erschreckten Ausruf ausstieß, als er sah, daß Asbjörn Krag nicht zu Bett lag, sondern frisch und munter an seinem Arbeitstisch saß.

Barra schien nicht im geringsten überrascht. Keine Miene zuckte in seinem schlaffen Guttaperchagesicht.

Asbjörn Krag stand aus und ging Barra entgegen.

»Es freut mich, daß Sie gekommen sind,« sagte er. »Sie haben vielleicht erwartet, mich krank und bettlägerig zu finden.«

Barra sah ihn an. Er trug starke Brillengläser, die seine Augen seltsam und groß machten.

»Nein,« erwiderte er trocken.

»Sie bedienen sich einfacher Mittel,« fuhr Krag fort. »Dieser Wachmann war doch gar zu gewöhnlich für einen so genialen Mann wie Sie.«

»Die einfachsten Mittel sind noch immer die wirksamsten,« erwiderte Barra.

»Nun wohl, da es also Ihnen gelungen und mir mißlungen ist, habe ich nichts mehr mit Ihnen zu reden.«

»Das weiß ich,« sagte Barra. »Und hätten Sie nur mit *mir* zu reden gehabt, so wäre ich nicht hergekommen. Die Sache ist die, daß *ich* gern ein Gespräch mit Ihnen haben möchte.«

»Ich stehe zur Verfügung,« erwiderte Krag, und indem er sich an den jungen Telegrapheningenieur und den Arzt wendete, fuhr er fort:

»Lassen Sie uns einen Augenblick allein!«

Die beiden verließen das Zimmer, und Krag schloß die Türe hinter ihnen.

»Kann niemand unsere Unterredung hören?« fragte Barra.

»Auf Ehrenwort – niemand.«

»Gut. Ich glaube Ihnen.«

Barra setzte sich.

»Ich bin voll Bewunderung für Sie,« sagte er.

Der Polizist lächelte.

»Wollen Sie mir nur das sagen?«

»Nein,« erwiderte Barra, »ich wollte Sie unter anderem fragen, ob Sie denn glauben, daß ich wirklich solch ein ganz gewöhnlicher Verbrecher bin?«

Krag wartete zwei Sekunden, bevor er antwortete. Er ahnte eine Falle. Plötzlich rief er laut:

»Ja, das glaube ich.«

»Daß ich ein ganz gewöhnlicher, kommuner Verbrecher bin?«

»Nein, das nicht, aber daß Sie ein genialer Verbrecher sind. Sie befassen sich nicht mit Diebstählen unter einigen Hunderttausend.«

Barra nickte.

»Wenn ich Ihnen jetzt sage,« fuhr er fort, »daß ich das Geld mit einem idealen Ziel vor Augen sammle – zum Beispiel in der Absicht, eine große Erfindung ins Leben hinauszutragen –, werden Sie mir dann glauben?«

»Nein,« erwiderte Krag, »dann würde ich glauben, daß Sie versuchen, sich interessant zu machen.«

Barra zuckte die Achseln.

»Ich höre zu meiner Freude, daß Sie ganz ahnungslos sind,« sagte er.

Ein unmerkliches Lächeln huschte über das Gesicht des Polizisten. Barra fuhr fort:

»Ich habe Ihnen einen Vorschlag zu machen.«

»Und das wäre?«

»Daß Sie mich in Frieden lassen. Ich arbeite doch für ein ideales Ziel.«

»Welches Ziel?«

»Das kann ich Ihnen nicht sagen. Ich schlage Ihnen also vor, daß Sie mich in Frieden lassen, dafür verspreche ich Ihnen, daß bei der Ausführung meiner Pläne kein Menschenleben zugrunde gehen wird. Gehen Sie darauf ein?«

»Ihr Vorschlag ist von vornherein abgelehnt,« erwiderte Krag, »meine Stellung als Polizist verbietet mir, darauf einzugehen.«

»Ich könnte Ihnen näher erklären, was ich meine.«

»Ist nicht nötig.«

Barra erhob sich.

»Gut,« sagte er, »wir können also nicht einig werden.«

»Absolut nicht.«

»Um so schlimmer für Sie.«

»Wie meinen Sie das?«

»Ich meine,« sagte Barra, und seine Stimme bekam einen harten Klang, »ich meine, daß es jetzt erst Ihr Leben gilt.«

»Mein Leben?« erwiderte Asbjörn Krag, »glauben Sie, daß ich je dieser Sache übertriebene Aufmerksamkeit zugewendet habe?«

»Sehr möglich,« gab Barra mit einer kurzen Verbeugung zurück. »Aber ich kann Ihnen versichern, daß Ihr Leben noch nie so bedroht war, wie von dem Augenblick an, in dem ich dieses Zimmer verlasse.«

»Ich habe Sie so allmählich kennengelernt, Ingenieur Barra,« erwiderte der Polizist. »Darum zweifle ich auch nicht an dem Ernst Ihrer Drohung.«

»Sie ist auch ganz bedeutend ernst. Sie sind ein Kind des Todes.«

»Aber sehen Sie denn nicht ein, daß ich Sie sofort arretieren lassen kann?«

»Gewiß, Herr Detektiv. Aber das würde eine höchst unerquickliche Affäre für die Polizei werden. Haben Sie Beweise, so gebe ich mich gern gutwillig in Ihre Hände,« fügte er mit einer ironischen Verbeugung hinzu.

»Gutwillig,« erwiderte Krag ebenso spöttisch. »Das wäre zuviel verlangt. Immerhin sind Sie gerade in der Höhle des Löwen.«

Barra wies auf das Fenster und bat Krag, einen Augenblick zur »Höhle« hinauszusehen.

Krag trat an das Fenster, öffnete es und blickte hinaus.

»Ja,« rief er gleichgültig. »Vor dem Tore sehe ich einen Wagen und ein paar Herren, die aus und ab gehen und warten. – Ja, was denn?« fügte er hinzu und war wie der Blitz an seinem Schreibtisch, denn Barra hatte den Augenblick benützt, den Krag zum Fenster hinaussah und hatte mit einer blitzschnellen Bewegung ein Kästchen, das darauf stand, geöffnet.

Barra lachte jetzt laut: »Ich wollte Sie nur von Ihren Revolvern wegkriegen! Sehen Sie! Jetzt haben Sie sich schon wieder überlisten lassen: gleich sind Sie zum Fenster hingekrochen. Ich überliste Sie glücklicherweise immer!«

»Glauben Sie?« Krag runzelte die Stirn, er fühlte, wie er sich über die Frechheit des andern ärgerte. »Sie vergessen, Herr Barra, daß Sie ganz und gar in meiner Gewalt sind. Ich habe zwei kräftige Freunde im Nebenzimmer.«

»Pst!« Barra hob den Finger. »Können Sie, Herr Detektiv, den Lärm im Stiegenhaus hören?«

»Ja. Man repariert das Eisengeländer. Es ist schon längere Zeit schadhaft.«

»Nun eben! Aber das sind meine Leute, die aufpassen, ob jemand wagt, Hand an mich zu legen. Das sind drei muskulöse Männer, müssen Sie wissen. Und es ist nur ein Revolverschuß nötig, so sind die Kerle hier drinnen! Verlassen Sie sich darauf, Herr Detektiv!«

Er warf einen bedeutungsvollen Blick auf das Waffenkästchen auf Krags Schreibtisch.

Krag bedachte sich einen Augenblick. Dann ging er rasch auf die Türe des Nebenzimmers zu und öffnete sie.

»Bitte sehr, meine Herren,« sagte er zu Holst und dem Doktor dort drinnen, »kommen Sie nur herein. Ich habe ihm nichts mehr zu sagen und wünsche auch nichts mehr von ihm zu hören.«

Als die beiden Herren kamen, verbeugte sich der Rotbärtige vor dem Polizisten und ging auf die Türe zu.

»Vergessen Sie nicht, Ihre Handwerker mitzunehmen!« rief Krag ihm nach.

»Nein,« erwiderte Barra, »ich werde schon nichts vergessen. Wenn *ich* gehe, ist ihre Gegenwart auch ganz überflüssig.«

»Vermutlich,« bemerkte Krag trocken.

Noch einmal wendete sich Barra in der Türe um und sagte:

»Wann immer Sie sich an einer Angelegenheit, die sich um hunderttausend Kronen dreht, beteiligen wollen, wenden Sie sich nur an mich! Ja – trotz alledem, Herr Detektiv.«

Mit diesen Worten verließ er das Zimmer. Die andern horchten einen Augenblick seinen raschen Schritten die Treppe hinunter. Gleichzeitig hörten die Schläge auf das Eisengeländer auf.

»Seine Helfer sind also auch fort,« rief Krag und fügte hinzu: »Wir sind von Feinden umschwärmt gewesen, meine Herren, dieser Rotbärtige ist doch mächtiger, als wir armen Diener der Gerechtigkeit glauben.«

»Was wollte er?« fragte der Arzt.

»Er wollte ein Abkommen mit mir treffen. Er bat mich, ihn in Frieden zu lassen.«

»Was Sie zurückwiesen?«

»Selbstverständlich.«

»Es kam mir vor, daß er ein Honorar nannte?«

»Ja,« lächelte Krag, »jedenfalls nicht unter hunderttausend Kronen.«

»Was wollen Sie, daß wir tun?« fragte der Arzt.

»Gehen Sie zum Ostbahnhof,« erwiderte Krag, »und erwarten Sie mich dort. Ich komme gleich nach. Wir müssen die Lokomotiven durchgehen. Ich bin sicher, daß Ingenieur Barra sich daran zu schaffen gemacht hat.«

Der Arzt und der Ingenieur verließen Krag, um sich zum Ostbahnhof zu begeben. Hier warteten sie über eine halbe Stunde, bis Krag kam.

»Sie sehen angegriffen aus,« sagte der Doktor, als Krag in den Wartesaal trat.

»Wir leben doch auch in einer ernsten Zeit,« erwiderte dieser lächelnd.

»Wie das?«

»Sechsunddreißig Stunden wird mir jetzt ununterbrochen nach dem Leben getrachtet werden.«

»Ist das möglich?«

»Ja,« erwiderte Krag, »darüber bin ich mir ganz klar. Sie wissen doch, Holst,« fügte er hinzu, »daß ich in meiner Wohnung Gas habe.«

»Das weiß ich sehr gut,« erwiderte der Ingenieur, »und Sie haben mir ja immer gesagt, wie praktisch das ist.«

»Jawohl, aber jetzt habe ich dafür gesorgt, daß die Leitung abgesperrt wird, so daß in den nächsten drei Tagen kein Gas in meine Wohnung kommen kann.«

»Aber warum in aller Welt haben Sie das getan?«

»Weil ich keine Gasvergiftung wünsche,« erwiderte Krag ernst. »Es ist übrigens nicht der einzige Mechanismus, dem ich entronnen bin. Sehen Sie hier,« fuhr er fort, »betrachten Sie einmal diesen Revolver!«

Der Detektiv zeigte den Herren einen Revolver, dessen Mechanismus auseinandergenommen war.

»Den fand ich in meinem Waffenkästchen,« sagte er. »Er gleicht einem meiner eigenen Revolver auf ein Haar, aber ich entdeckte doch sofort, daß es nicht der meine war. Ich sah, daß Ingenieur Barra sich an dem Waffenkästchen zu tun gemacht hatte, natürlich hat er ihn ausgetauscht. Da mir nichts Gutes schwante, untersuchte ich den Revolver sehr genau und vorsichtig, und es zeigte sich, daß sein Magazin mit einem gewaltigen Stück Sprengstoff gefüllt war. Der Revolver war nicht geladen, aber im selben Augenblick, in dem ich versucht hätte, ihn zu laden, würde der Höllenmechanismus gewirkt haben, und dann hätten Sie mich höchstwahrscheinlich nicht hier gesehen, meine Herren.«

»Aber das ist doch entsetzlich,« murmelte der Arzt, »das ist…«

Er wurde von einem kleinen, schwarzäugigen Judenjungen unterbrochen, der Apfelsinen auf einem Brett feilbot.

»Apfelsinen, Apfelsinen! Frische, saftige Apfelsinen.« rief der Junge.

Krag wollte ihn zuerst abweisen, dann überlegte er es sich und kaufte darauf dem Jungen eine Apfelsine ab, der gleich darauf durch die Türe verschwand.

»Das ist nicht die einzige Gefahr, der ich entgangen bin,« sprach Krag weiter. »Als ich aus meiner Wohnung auf die Straße trat, fielen plötzlich drei Ziegelsteine vom Dach und zerschellten aus dem Trottoir – eine halbe Elle vor mir. Noch ein Schritt, und ich wäre sicher erschlagen worden. Sehen Sie sich jetzt zum Beispiel diese Apfelsine an, die mir von diesem kleinen, schwarzäugigen Halunken gebracht wurde.«

Er riß die Apfelsine auseinander und reichte dem Arzt die eine Hälfte.

»Riechen Sie mal,« sagte er, »ich wette, daß auch dies eine Falle ist.«

Der Doktor schnüffelte lange an der Apfelsine.

»Zyankali,« murmelte der Arzt und erbleichte. »Eines der gefährlichsten Gifte, die es gibt. Es ist erst vor wenigen Minuten eingespritzt worden. Das ist doch das Teuflischste, was mir je untergekommen ist.«

Die drei Männer, von einigen Maschinisten der Eisenbahn begleitet, untersuchten nun alle vorhandenen Lokomotiven. Namentlich wurde die Schnellzugslokomotive Nummer 72 sorgsam geprüft. Schließlich wurde sogar eine Probefahrt veranstaltet, aber man fand nicht den geringsten Fehler an dem Mechanismus.

Asbjörn Krag wendete sich an den Stationsvorstand und fragte, ob mit einem der nach Süden gehenden Züge eine größere Wertsendung abgeschickt werden sollte.

Der Stationsvorstand erwiderte, er habe noch keine diesbezügliche Mitteilung erhalten. Wenn Gold mit den Zügen geschickt wurde, bekam das Personal der Eisenbahn Kenntnis. Dies geschah, damit das Geheimnis der Wertsendung sich nicht verbreitete.

Da auf dem Bahnhof also nichts mehr zu entdecken war, verließen ihn die Herren. Draußen nahmen sie eine Droschke. Asbjörn Krag wurde vor dem Polizeiamt abgesetzt, die beiden anderen fuhren weiter, jeder zu sich nach Hause, da vorläufig – wie Krag sagte – nichts anderes zu tun war, als den Donnerstag abzuwarten und zu sehen, was er an mystischen und verhängnisvollen Begebenheiten bringen konnte.

VIII
Die Katastrophe

Die Nacht zum Mittwoch schlief Asbjörn Krag allein in der Polizeiwachtstube, wo einige der untergeordneten Konstabler immer anwesend waren. Er wollte es nicht riskieren, allein zu sein, denn er fühlte sich beständig von der Mörderbande des rotbärtigen Ingenieurs umschwärmt.

Am Mittwoch in aller Frühe ging er in die Stadt. Er hatte einen geladenen Revolver in der Tasche. Im Hotel erfuhr er, daß Ingenieur Barra die ganze vorhergehende Nacht aufgesessen war und gearbeitet hatte. Von Zeit zu Zeit hatte man ihn fieberhaft im Zimmer hin und her gehen gehört. Um acht Uhr morgens war ein schwarzbärtiger Mann zu ihm auf Besuch gekommen, und die beiden hatten lange miteinander gesprochen.

»War es ein Nordländer?« fragte Krag.

»Nein,« erwiderte der Hotelportier, »ich glaube, es war ein Spanier oder Italiener, er sprach sehr gebrochen Norwegisch.«

Der Detektiv erbat sich eine nähere Beschreibung, und der Portier berichtete, daß der Fremde von kleinem Wuchs war, aber sehr muskulös und stark, und aussah wie ein Seemann oder etwas Derartiges, denn dicht über dem Handgelenk hatte er einen blauen Anker eintätowiert. Er hatte kohlschwarzes Haar und Bart und trug kleine Goldohrringe. Dieser Schwarze war gegen neun Uhr fortgegangen und gleich darauf hatte sich Ingenieur Barra zum Schlafen niedergelegt.

Asbjörn Krag begab sich zur Polizeistation zurück und sah in den Protokollen nach, ob irgendein Ausländer angemeldet war, dessen Aussehen der Beschreibung des Portiers entsprechen konnte. Aber es war nichts zu finden. Krag setzte darum die ganze Detektivabteilung des Polizeikorps in Bewegung, um den Schwarzen zu finden. Im Laufe des Vormittags wurden alle Pensionen und Hotels der ganzen Stadt durchstöbert, aber nirgends wohnte ein Mann, der der Beschreibung entsprach.

Asbjörn Krag begann ganz fieberisch zu werden. War es denn nicht möglich, den Aufenthaltsort dieses verdammten Schurken und seiner Mitverbündeten zu finden? Es mußte eine ganze Menge solcher geben, aber es konnte nicht die Rede davon sein, herauszufinden, wo sie nachts schliefen oder sich außerhalb der bestimmten Zeiten aufhielten, wo sie mystisch und plötzlich in der Nähe des rotbärtigen Ingenieurs auftauchten und wieder verschwanden. Aber Krag wußte doch jetzt, daß der entscheidende Wendepunkt des Abenteuers unmittelbar bevorstand, in höchstens vierundzwanzig Stunden würde das geschehen, was Barra Reichtum oder Gefängnis bringen mußte.

Donnerstag stand im Telegramm. Also morgen gingen zwei Schnellzüge nach dem Süden, der Tagesschnellzug um zwei Uhr und der Nachtschnellzug um elf Uhr zehn. Natürlich konnte von einem Attentat gegen den Tagesschnellzug nicht die Rede sein – also handelte es sich darum, auf den Elfuhrzehnzug aufzupassen. Er hatte es auch erreicht, daß die Lokomotive Nummer 72 diesem Zuge nicht beigegeben wurde.

Der Detektiv wußte ganz gut, daß man ihm nachspionierte. Nie war er auf der Straße so vielen starrenden Augen begegnet wie jetzt, und er bemerkte einzelne fremde Menschen, die immer wieder und wieder seinen Weg kreuzten.

Unterdessen schlich der Tag dahin. Der Abend begann zu dämmern.

Gegen neun Uhr wurde Krag aus dem Hotel gemeldet, daß der Schwarze wieder bei Barra gewesen war. Nach Verlauf einer halben Stunde war er fortgegangen.

Krag fragte, ob etwas passiert sei, während er sich in Barras Zimmer aufhielt.

»Nein,« antwortete der Portier, »nichts anderes, als daß Barra, sowie der Schwarze gekommen war, dem Kellner läutete und ihm sagte, daß er den Rest des Abends absolut ungestört sein wolle. Er wäre müde nach der vorhergegangenen schlaflosen Nacht. Gleich darauf war der Schwarze fortgegangen.«

Krag bereute, daß er keine Wache vor dem Hoteleingang aufgestellt hatte, aber jetzt ließ sich ja nichts mehr tun. Um halb elf Uhr rief er das Hotel telephonisch an und fragte, ob Barra noch immer schlafe. Ja, lautete die Antwort, in seinem Zimmer sei alles still, Barra schlafe noch immer.

Um halb zwölf Uhr klingelte er mit derselben Frage an und bekam dieselbe Antwort.

Aber plötzlich packte den Detektiv ein furchtbarer Gedanke, der ihn bleich wie der Tod machte.

Asbjörn Krag griff nach seinem Hute und stürzte zur Türe hinaus.

Vor der Polizeistation hielt er eine fahrende Droschke auf. Er zeigte seine Polizeikarte und rief den Namen des Hotels.

»Fahren Sie wie besessen,« rief er.

Der Kutscher drehte den Wagen, er knallte ein paarmal mit der Peitsche, und dann rollte Asbjörn Krag mit rasender Geschwindigkeit durch die Straßen dahin. Die Leute sahen sich um und riefen dem Wagen Bemerkungen nach, weil er mit so wahnwitziger Hast fuhr.

Ein paar Minuten später war Krag vor dem Hotel.

Der Portier empfing ihn im Stiegenhaus. Aus dem Gesicht des Detektivs konnte er entnehmen, daß etwas Ernstes vorgefallen sein mußte.

»Führen Sie mich sofort in Ingenieur Barras Zimmer,« sagte er.

»Aber er hat gewünscht, ungestört zu sein.«

»Das hat gar nichts zu sagen. Führen Sie mich nur in sein Zimmer.«

Der Detektiv und der Portier sprangen in den Fahrstuhl, der sie rasch in das dritte Stockwerk brachte.

Der Portier wies auf eine Türe.

»Nummer 34,« sagte er.

Krag ging zu der angewiesenen Türe und klopfte an. Niemand antwortete. Er klopfte stärker. Noch immer keine Antwort.

Der Detektiv rüttelte an der Türe. Sie war von innen versperrt.

Der Portier begann unruhig zu werden.

»Die Gäste daneben sind alle zur Ruhe gegangen,« sagte er. »Wenn Sie so lärmen, wecken Sie das ganze Hotel auf.«

Asbjörn Krag antwortete nicht.

»Rufen Sie den Direktor,« befahl er.

Eine Minute später war der Direktor zur Stelle und fragte, was denn um Himmelswillen da vorgehe.

Asbjörn Krag machte ihn aufmerksam, wer er war, und verlangte dediziert, Ingenieur Barra zu sprechen. Er wies die Arrestorder vor.

»Gut,« antwortete der Direktor, »da bleibt nichts anderes übrig, als zu öffnen.«

Er klopfte nun ebenfalls an die Türe und schrie hinein, daß aufgemacht werden müsse. Aber es kam keine Antwort.

»Sie sind sicher, daß er drinnen ist?« fragte der Direktor.

»Ganz sicher,« erwiderte der Portier, »ich habe ihn nicht ausgehen sehen.«

Der Direktor rüttelte an der Klinke und rief noch einmal, aber es kam noch immer keine Antwort.

»Vielleicht ist er doch zu einem rückwärtigen Ausgang hinausgegangen,« murmelte er, »das sieht ganz mysteriös aus.«

Aber Asbjörn Krag wies auf das Schlüsselloch.

»Der Schlüssel steckt doch innen.«

Der Direktor schien ratlos.

»Ja, aber was sollen wir tun? Wir können die Türe doch nicht sprengen. Können Sie nicht bis morgen warten? Er kann ja doch nicht heraus.«

»Nein,« erwiderte Krag ernst. »Jede Sekunde ist kostbar für mich. Holen Sie mir Stemmeisen.«

Der Inhaber des Hotels versuchte, die Mißhandlung der Türe zu verhindern, aber Krag wies ihn sofort zurück:

»Hier führe nur ich das Kommando. Holen Sie die Stemmeisen.«

Der Portier, der wußte, mit wem er es zu tun hatte, lief in das Werkzeugmagazin hinunter, ohne erst den Befehl des Direktors abzuwarten.

Er kam mit ein paar kräftigen Stemmeisen zurück.

Krag ergriff das eine und begann die Türe mit der Tüchtigkeit eines Fachmannes zu bearbeiten.

Aber da hörte er, wie es drinnen im Zimmer lebhaft wurde.

»Der Ingenieur verbarrikadiert die Türe,« rief der Portier. »Hören Sie nur, wie er die Möbel heranschleppt. Jetzt stapelt er sicherlich die große schwere Kommode auf das Bett und schiebt das Ganze vor die Türe.«

Der Detektiv setzte ganz unberührt seine Arbeit fort. Plötzlich gab das Schloß einen Krach, und Krag wußte, daß die Türe nun offen war. Aber er machte nicht sofort auf.

»Treten Sie etwas zurück,« rief er, und im selben Augenblick zog er seinen sechsläufigen Revolver hervor.

Der Direktor, der Portier und ein paar der Gäste, die bei dem Lärm herbeigeeilt waren, traten jetzt vorsichtig einige Schritte zurück.

Krag legte seine gewaltige breite Schulter an die Türe und drückte zu.

Sie öffnete sich langsam.

Plötzlich stürzten alle Möbel, die dahinter aufgestapelt waren, zusammen.

Krag sprang mit geschwungenem Revolver hinein.

Doch plötzlich blieb er wie angewurzelt stehen.

Drüben im Bette lag ein Mann und sah ganz ruhig den eindringenden Detektiv an. Aber dieser Mann war nicht Ingenieur Barra.

Vorsichtig und ängstlich näherten sich der Hoteldirektor, der Portier und die Gäste.

Der Portier prallte verblüfft zurück.

»Aber das ist ja der Schwarze!« rief er. »Der hat doch das Hotel vor mehreren Stunden verlassen.«

Asbjörn Krag war jetzt ganz ruhig geworden, er sah nur sehr blaß aus.

»Ich ahnte es – zu spät,« murmelte er. »Wieder sind wir hinters Licht geführt, geschickt wie immer. Der Schwarze, der das Hotel verlassen hat, war kein anderer als Ingenieur Barra selbst, und gut verkleidet.«

Er legte seinem Gefangenen selbst Handschellen an und trug dem Portier auf, genau aufzupassen, daß er nicht davonlief. Krag wollte dann ein paar Polizisten schicken, um ihn abholen zu lassen. Aber das war ihm ein schwacher Trost. Hatte Ingenieur Barra nicht ausdrücklich Donnerstag genannt? War das vielleicht eine Finte und Mittwoch der wirkliche Tag? Alle Zeichen sprachen dafür. Es war über ein Uhr, gute zwei Stunden, seit der Nachtzug abgegangen war! Vermutlich war das schon geschehen, was er erwartete und befürchtete.

Bevor er das Hotel verließ, rief er den Bahnhof an, und seine schlimmsten Ahnungen wurden durch den Stationsvorstand bekräftigt. Mit dem Elfuhrzehnzuge war eine große Goldsendung südwärts gegangen, eine Ausbezahlung der zwei vornehmsten norwegischen Banken an die Nationalbank in Kopenhagen.

Die Station hatte erst spät abends Mitteilung davon erhalten. Einer der zuverlässigsten Diener der Bank war mitgefahren, um das Gold zu bewachen. Er war in dem letzten Wagen untergebracht, der gewöhnlich an den Post- und Warenwagen angekoppelt war.

Als Asbjörn Krag so die Lage in ihrem ganzen furchtbaren Umfange überblickt hatte, versuchte er sich zu fassen, um wieder Herr der Situation zu werden.

Jetzt muß alles für eine letzte Jagd eingesetzt werden, gleichviel wie weit sie gehen muß, dachte er und verließ das Hotel in fliegender Eile, um zur Polizeistation zurückzufahren.

Dort war alles im hellsten Aufruhr. Die Leute liefen ratlos durcheinander.

»Was ist denn los?« fragte er, von bangen Ahnungen erfüllt.

»Ein Telegramm!« war die Antwort, und er stürzte in das Kontor des Chefs des Sicherheitsbureaus. An dem großen grünen Tisch saß der Chef selbst, eben aus seiner Wohnung hierher berufen. Als Krag eintrat, reichte er ihm ganz umdüstert ein Telegramm. Im selben Augenblick klingelte das Telephon. Es war das Reichstelephon aus Moß.

Der Chef ergriff das Hörrohr, während Asbjörn Krag das Telegramm las.

Das Telegramm war aus Moß abgesandt und lautete:

»Der letzte Wagen des Elfuhrzehnzuges in ganz rätselhafter Weise während der Fahrt zwischen Ski und Moß abgekoppelt. Niemand etwas vor der Ankunft in Moß bemerkt. Vermutlich liegt Verbrechen vor, da abgekoppelter Wagen größere Goldsendung enthielt. Gleichzeitig verdächtig aussehender Reisender, rotbärtig und klein, verschwunden. Schnellzug geht weiter südwärts, aber Lokomotive wird von hier mit Polizei nordwärts gesendet, um Wagen zu suchen.«

Das Telegramm war von dem Stationsvorstand von Moß unterzeichnet.

Asbjörn Krag war ganz blaß und nervös geworden. Also war die Katastrophe doch eingetreten, ohne daß er es hatte verhindern können. Einen Tag früher als berechnet hatte Barra den Coup ausgeführt, eben um die Detektive hinters Licht zu führen. War er denn ein reiner Teufel, dieser Mann? Was sollte Krag nun anfangen?

Er wartete, um zu hören, was dem Chef telephonisch aus Moß mitgeteilt wurde. Es war nur eine kurze Meldung, denn er läutete sofort ab.

»Das ist ja eine schreckliche Geschichte,« sagte er, »wenn nur die Zeitungen nicht schon Wind davon bekommen haben. Ich habe zwar der Polizei in Moß den strengen Auftrag gegeben, alles geheimzuhalten, aber man kann nicht wissen, was geschehen wird, was denken Sie darüber?«

Krag hatte seinen Chef in vollständiger Unkenntnis über die Arbeit gelassen, die er in den letzten Tagen mit der Barra-Sache gehabt hatte.

»Was haben Sie durch das Telephon erfahren?« fragte er zurück.

»Nichts anderes, als daß die Nachforschungslokomotive abgegangen ist. Der Polizeichef teilte es mir mit. Er bat um einige geschickte Detektive. Sie müssen sofort abreisen.«

»Das habe ich mir auch gedacht,« erwiderte Krag. »Ich habe schon einen Extrazug bestellt. Er geht in zwanzig Minuten. Hier gilt es vor allem, rasch zu handeln.«

»Sie hatten also eine Ahnung, was geschehen würde?«

»All das werde ich Ihnen später erklären. Ingenieur Barra ist in Tätigkeit.«

Der Chef fuhr in die Höhe.

»Der Rotbärtige?« rief er.

»Jawohl.«

Asbjörn Krag ging ans Telephon.

»Was wollen Sie tun?« fragte der Chef.

»Ich will nach Horten telephonieren. Ich brauche ein Torpedoboot. Barra hat natürlich das Gold aus dem abgekoppelten Wagen an die See an Bord eines kleinen Dampfers gebracht. Dieser kleine Dampfer ist aus Fredrikshavn gekommen. All das weiß ich. Aber ich habe jetzt nicht Zeit, Ihnen zu erklären, woher.«

Krag bat um Verbindung mit Horten. Einen Augenblick darauf sprach er mit dem wachhabenden Marineoffizier der Werft. In wenigen Worten erklärte der Detektiv ihm die Situation. Es handelte sich darum, den Fredrikshavner Dampfer zu stoppen.

Der Offizier konnte ohne Order des Vizeadmirals, der sich eben in Horten bei den Uebungen der Eskader befand, nichts tun. Aber er versprach, den Admiral augenblicklich wecken zu lassen und dann telephonisch Bescheid zu geben.

Asbjörn Krag sah auf die Uhr. »Noch kann es Zeit sein,« sagte er, »der Nebel hängt dicht, so daß das Fredrikshavner Schiff nur langsam fahren kann. Aber es ist höchste Zeit.«

Im selben Augenblick kam ein Telegraphenbote herein. Es war wieder eine Depesche aus Moß. Der Chef des Sicherheitsbureaus las sie laut:

»Der abgekoppelte Wagen zirka acht Kilometer nördlich von Moß auf einem kleinen Wechselgeleise gefunden. Der Goldinhalt geraubt. Der Wächter bewußtlos nach heftigem Schlage auf den Kopf. Der Räuber vermutlich per Automobil südwärts geflüchtet, die Spuren weisen darauf hin.«

Asbjörn Krag lächelte.

»Wir wollen uns nicht so sehr auf die Spur verlassen, die Ingenieur Barra hinterläßt,« sagte er. »Wenn er Spuren hinterläßt, ist es nur, um irrezuführen. Aber wir haben jetzt auf jeden Fall die Gewißheit, daß ein Verbrechen begangen worden ist.«

Der Chef des Sicherheitsbureaus saß mit dem Telegramm in der Hand da und wußte weder aus noch ein.

»Ich verstehe nicht,« sagte er, »wie Barra und seine Helfershelfer diesen Wagen abkoppeln konnten, während der Zug im Fahren war, ohne daß jemand etwas merkte.«

»Nein, das ist sicher überaus rätselhaft,« erwiderte der Detektiv; aber er erinnerte sich an die Worte des Rotbärtigen von den Schienen, für die die Verantwortung übernommen werden mußte, und fügte hinzu: »Vermutlich wieder irgendeine teuflische Erfindung. Ein Arrangement mit den Eisenbahnschienen. Der Wagen wurde doch eben an einem Wechselgeleise abgekoppelt. Ja! Das müssen wir eben herausbekommen. Hallo! Da haben wir schon wieder Horten!«

Asbjörn Krag war durch das intensive Klingeln des Telephons unterbrochen worden. Es war der Vizeadmiral selbst, der anrief.

»Ich kam eben aus einer Gesellschaft, als ich Ihre Botschaft erhielt,« sagte er. »Ich möchte diese Jagd gerne selbst mitmachen. Zwei Torpedoboote liegen bereit. Es fügt sich insofern günstig, als sie morgen ohnehin auf Uebung sollten. Beide bringen Scheinwerfer mit.«

»Ausgezeichnet! Wann können sie fahren?«

»Sogleich.«

»Haben Sie Bescheid über die Affäre bekommen?«

»Ja, ich habe eben mit Moß telephonisch gesprochen.«

»Haben Sie von den Automobilspuren gehört?«

»Ja, aber ich glaube nicht recht daran.«

»Ich auch nicht. Die Stelle, wo der Wagen abgekoppelt wurde, liegt ja ganz nahe vom Meer;« fuhr Krag fort. »Die Goldsendung ist natürlich hinuntergebracht, an Bord eines wartenden Dampfers.«

»Höchst wahrscheinlich.«

»Wie ist das Wetter?«

»Stockfinster und neblig.«

Krag bat schließlich den Admiral, das eine Torpedoboot nach Moß zu senden, um ihn und noch einen Polizisten mit an Bord zu nehmen. Der Admiral versprach es, und es wurde abgeklingelt.

Der Polizist nahm seinen Rock und Hut, prüfte seine Revolver und rief den Kollegen, der ihn auf seiner Fahrt begleiten sollte.

Gleich darauf saßen die beiden Polizisten in einer Droschke und fuhren in raschem Trab dem Ostbahnhof zu. Hier stand die Lokomotive bereit. Es war der neue, kräftigste Stahlriese der Eisenbahn. Dichter, schwarzer Rauch quoll aus dem Schornstein.

»Ist die Linie bis Moß ganz klar?« fragte Krag, indem er mit seinem Kollegen auf der Lokomotive Platz nahm.

»Der ganze Weg klar!« lautete die Antwort. »Alle sind von dem Extrazug verständigt.«

»Denn los!« – Und die Lokomotive machte einen Ruck und prustete aus der Station in die nächtliche Dunkelheit. Zugleich schrie Asbjörn Krag dem Lokomotivführer ins Ohr:

»Fahren Sie auf Leben und Tod, Mann! Lassen Sie die Stationen vorbeitanzen wie die Telegraphenpfähle!«

Der Lokomotivführer nickte zustimmend, und der Heizer spuckte sich in die Faust und griff nach seinem Schürhaken.

IX

Die Jagd übers Meer

Es war eine wahnwitzige Fahrt in der Dunkelheit.

Der Heizer warf unaufhörlich Kohle in den glühenden Feuerrachen der Lokomotive, und die gewaltigen, dicken Rauchsäulen ringelten sich wie ein ungeheurer Kometenschweif der dahineilenden Maschine nach.

Es dauerte nicht lange, so konnte der Lokomotivführer melden, daß man bald an der Stelle angelangt war, wo Barra sein rätselvolles Attentat gegen den Eisenbahnzug verübt und die Goldsendung geraubt hatte.

Krag befahl ihm, stehenzubleiben.

»Halten Sie sich fest!« rief der Lokomotivführer. Er ließ den Zug mit voller Geschwindigkeit zu der kleinen Haltestelle sausen, um keinen Augenblick zu verlieren, und setzte dann den ganzen Bremsapparat in Gang.

Mit einem heftigen Ruck machte die Lokomotive halt und blieb pustend und stöhnend auf den Schienen stehen.

Asbjörn Krag und der andere Polizist sprangen ab.

An der kleinen Haltestelle herrschte große Bewegung. Der Detektiv sah in der Dunkelheit Laternen hin und her schwingen.

In der Nähe auf einem Seitengeleise stand der Waggon, den Ingenieur Barra von dem Zug abgekoppelt hatte.

Krag lief hin. Ein paar Polizisten aus Moß und der Amtmann des Ortes waren schon in voller Tätigkeit und untersuchten den Wagen. Als Krag hinzukam, wurde er mit offenen Armen empfangen.

»Da sind Sie endlich!« rief der Amtmann, offenbar sehr erfreut, daß die Verantwortlichkeit der wichtigen Untersuchung ihm nun abgenommen wurde.

»Haben Sie etwas gefunden?« fragte Krag.

»Absolut nichts.«

»Und man hat nichts irgendwie Auffälliges an dem Wagen entdeckt?«

»Nein, es ist ganz unverständlich, wie der Verbrecher ihn abkoppeln konnte.«

»Aber der betäubte Wächter?«

»Ist noch nicht zum Bewußtsein gekommen.«

»Wo ist er denn?«

»Im Stationsgebäude. Der Arzt hat ihn eben untersucht. Es ist nicht lebensgefährlich, meint er.«

Krag nahm eine rasche Untersuchung des Waggons vor, aber auch er entdeckte nichts Besonderes, nur daß die Scheibe eines der Fenster in Stücke geschlagen war. Auch zeigte es sich, daß der Bremsapparat in höchstem Grade benützt worden war – vermutlich so stark, daß die Radspeichen Feuer gefangen hatten. Natürlich um den Wagen zum Stehen zu bringen, nachdem er glücklich von dem übrigen Zuge losgekoppelt und auf das Seitengeleise gekommen war, dachte Krag.

Er eilte dann zu dem kleinen Warenschuppen, der als eine Art Stationsgebäude diente. Auf einigen Baumwollballen lag eine totenbleiche Gestalt. Der Bankdiener. Der Arzt bemühte sich um ihn.

»Hat er etwas gesagt?« fragte Krag.

»Ja, er hat allerhand gesprochen, aber ohne Zusammenhang,« erwiderte der Arzt. »So hat er mehrere Male einen kleinen, rotbärtigen Mann mit zwei furchtbaren Augen genannt.«

Krag nickte.

»Sonst hat er sich über nichts ausgelassen, woraus man auf das Vorgehen der Verbrecher schließen könnte?«

»Nein, absolut nichts. Aber er hat mehrere Male einen Namen genannt.«

»Was für einen Namen?«

»Einen Frauennamen, Anna. Paßt auf die Anna auf, hat er gesagt. Vermutlich ist es der Name seiner Frau, denn ich sehe, daß der Mann verheiratet ist. Er hat wohl geglaubt, daß er sterben muß, der arme Kerl.«

Krag überlegte einen Augenblick.

»Wird er sich erholen?« fragte er.

»Unbedingt. Aber er hat eine leichte Gehirnerschütterung von einem heftigen Schlag auf den Kopf.«

»Ich sehe aber keine Wunde.«

»Nein, der Schlag ist mit einer Guttaperchakeule oder etwas Aehnlichem zugefügt, wie sie die internationalen Verbrecher oft benützen.«

Verhältnismäßig viele Menschen hatten sich jetzt vor dem kleinen Gebäude angesammelt, denn das Gerücht von der dramatischen Ankunft des berühmten Entdeckers hatte sich rasch verbreitet.

Krag trat auf die Treppe hinaus und rief:

»Ist jemand da, der das Automobil des Verbrechers gesehen hat?«

Ein unruhiges Summen ging durch die Versammelten.

Schließlich ertönte eine Stimme:

»Ja, zwei haben es gesehen.«

Krag bat die beiden Herren hereinzukommen, und einen Augenblick darauf stand er einem jungen Knecht und einem alten Bauern gegenüber.

Sie hatten beide das Automobil mit ungeheurer Geschwindigkeit den Weg hinuntersausen sehen, der weiter landeinwärts führt.

»Also nicht zur See?« fragte Krag.

»Nein,« erwiderten die Bauern. »In die entgegengesetzte Richtung. Landeinwärts ist das Automobil gefahren. Es ist groß und rot.«

Asbjörn Krag sagte sich sofort, daß Barra mit dem Automobil landeinwärts gefahren war, um die Leute irrezuführen. Das war ein ganz kluger Zug, aber er nützte doch nichts, da Krag von der Ankunft des Fredrikshavner Bootes unterrichtet war.

»Vielleicht hat der Verbrecher die Beute in einer Berghöhle verborgen,« sagte der Amtmann. »Es gibt viele solche Höhlen in dieser Gegend.«

Krag konnte ein Lächeln nicht unterdrücken.

»Ein großes, modernes und obendrein brennrotes Automobil läßt sich nicht so leicht verbergen,« sagte er.

»Nein,« meinte der Amtmann, »wenn das Automobil seine Schuldigkeit getan hat, brauchen die Verbrecher es doch nicht mehr. Was ist da leichter, als den unerwünschten, roten Zeugen in einen der tiefen Waldseen zu stürzen, die reihenweise hier den Weg entlang liegen.«

Krag konnte sich der Logik des Amtmannes nicht verschließen. Natürlich, das Automobil konnte nicht an Bord des Schiffes gebracht werden, das war beseitigt worden. Was galt auch ein Automobil für zwei- bis dreihundert Kronen im Vergleich zu den Werten, um die es sich hier handelte?

Plötzlich kam ihm ein Gedanke.

Der betäubte Wächter mußte doch irgend etwas gesehen haben. Was war das für ein Name, den er unaufhörlich wiederholte? Ein Frauenname »Anna«. Wenn es so wäre...

Der Detektiv begriff, daß vorläufig an der kleinen Haltestelle nichts mehr zu tun war. Er hatte genau zwanzig Minuten zu seinen Untersuchungen gebraucht.

Rasch winkte er seinem Begleiter, und sie sprangen beide über die Schienen auf die Lokomotive.

»Los!« rief Krag dem Lokomotivführer zu, indem er auf dem pustenden Stahlriesen Platz nahm.

Ein paar Sekunden darauf hatte die Lokomotive das kleine Stationsgebäude und all die erstaunten Neugierigen weit hinter sich gelassen. Krag hatte sich nicht einmal Zeit genommen, sich von dem Amtmann und dem Polizisten zu verabschieden, bevor er fortstürzte. Die mußten wohl eine merkwürdige Vorstellung von der Art haben, wie der berühmte Detektiv eine Untersuchung führte.

Unterwegs dachte Asbjörn Krag näher über die Sache nach.

Ingenieur Barra hatte gegen zwei Stunden Vorsprung. Der Rotbärtige schwebte vermutlich in der Meinung, daß Krag das Geheimnis des Fredrikshavner Bootes nicht kannte. Er mußte ja wissen, daß er augenblicklich auf das energischste verfolgt werden würde, und daß es ihm nichts nützen konnte, die Spuren des Automobils zu verwischen. Aber immerhin hatte Barra ganz fein und begabt gerechnet. Er hatte sich alles zunutze gemacht. Den Schrecken der Bevölkerung, das Terrain, das Meer, die Dunkelheit und die hartgefrorenen Wege. Solange die Finsternis brütete, war es mit großen Schwierigkeiten verbunden, seine Spur zu verfolgen.

Wenn er sein Automobil direkt landeinwärts gelenkt hatte, hatte er sich wohl gedacht, daß die Spürhunde der Polizei ihm per Rad, zu Pferde oder zu Fuß nachsetzen würden. Vermutlich würde er den Weg etwa eine halbe Meile verfolgen.

Krag sah auf eine Karte der Gegend, die er so vorsichtig gewesen war, zu sich zu stecken, bevor er Christiania verließ.

Ganz richtig! Eine halbe Meile landeinwärts mündete ein Seitenweg. Der führte in einem großen Bogen wieder zur See zurück, schnitt die Eisenbahnlinie ein Stück nördlich von der kleinen Haltestelle und endete in einer Bucht, etwa eine halbe Meile Weges von Moß. Krag bemerkte, daß es rings um diese Bucht ziemlich unbewohnt und öde aussah. Es war absolut die geeignetste Stelle, um mit einem Dampfer anzulegen, der ungesehen und unbekannt bleiben wollte.

Der Detektiv sah auf die Uhr.

Er konstatierte, daß Ingenieur Barra, dadurch daß er die Verfolger auf falsche Spuren führte, ziemlich viel Zeit verloren haben mußte. Mit einem rasch gehenden Torpedoboot konnte es nicht schwer sein, das Fredrikshavner Schiff einzuholen.

Einen einzigen Augenblick – aber auch nur einen einzigen – tauchte der Gedanke in ihm auf: wenn nun Barra *doch* landeinwärts gefahren ist, das Automobil in einen Sumpf gestürzt und den Schatz und sich selbst im dichten Wald verborgen hat! Die Möglichkeit war nicht ausgeschlossen, aber Krag unterließ es doch, damit zu rechnen. Er spielte jetzt hoch, und es galt, nicht zu schwanken. Er hatte seinen Plan entworfen, und er wollte ihn trotz allem durchführen. Er hatte sich sogar ausgerechnet, daß die Entscheidung zu einem bestimmten Glockenschlage fallen mußte.

Sobald der Tag anbrach, mußte Ingenieur Barra in seinen Händen sein, sonst war alles verloren.

Der Detektiv setzte dies seinem Kameraden auseinander, und dieser – ein jüngerer, aber energischer Polizeibeamter – war vor Spannung und Erregung ganz nervös. Aber Krag verhielt sich jetzt ganz ruhig. Er hatte seine ganze alte Geistesgegenwart wieder, und sein Hirn funktionierte blitzschnell und kalt, trotz der eben überstandenen schweren Krankheit und der vielen schlaflosen Nächte.

Den Gedanken an das, was der betäubte Wächter in seiner Bewußtlosigkeit ausgerufen hatte, den Namen Anna, konnte er nicht loswerden. Sein merkwürdiger Instinkt sagte ihm, daß dahinter etwas stecken müsse.

Der Zug blieb in Moß stehen.

Der Ort lag ganz still da, aber auf der Station war die Erregung merkbar. Der Perron war voll von Polizisten, die Asbjörn Krags Ankunft erwarteten. Der Polizeimeister drückte ihm warm die Hand, als er von der Lokomotive sprang.

»Ich überlasse Ihnen alle meine Leute zur freien Disposition,« sagte er. »Sie kennen doch die Sache schon von Anfang an, Sie müssen die Leitung der Untersuchung übernehmen.«

»Danke, ich brauche Ihre Leute vorläufig nicht,« erwiderte Krag höflich, »da ich meine Dispositionen schon vorher getroffen habe. Sorgen Sie nur dafür, daß kein Journalist die Nase in die Sache steckt, das würde uns sehr schaden. Wenn alles gut abläuft, wird der Verbrecher in unseren Händen sein, bevor der Morgen anbricht, und dann kann die Goldsendung mit dem Tagesschnellzug weiterbefördert werden. Das gibt allerdings eine kleine Verspätung, aber darein müssen wir uns schon fügen.«

Der Detektiv trat an den Reichstelephonapparat der Station und bat den Telephonisten, ihn mit Fredrikshavn in Verbindung zu setzen. Da die Linie jetzt bei Nacht wenig in Anspruch genommen war, bekam er nach kaum zwei Minuten die gewünschte Verbindung.

Ein dänisch klingendes, schwaches Hallo antwortete ihm.

Asbjörn Krag, der ebensogut Dänisch sprach, wie Schwedisch und Norwegisch, erklärte der Telegraphenstation in Fredrikshavn, daß die norwegische Polizei eine Auskunft haben müsse, die zur Aufklärung eines großen Verbrechens von außerordentlicher Wichtigkeit sei.

Krag hatte das Glück, sofort mit dem Vorstand des Amtes in Verbindung zu kommen.

»Wir müssen erfahren,« rief Krag in das Telephon, »wir müssen erfahren – ja – ob es in Fredrikshavn ein Dampfboot gibt, das ›Anna‹ heißt.«

Nach kurzem Ueberlegen erwiderte der Vorstand, daß es kein solches Boot in Fredrikshavn gebe. Krag fühlte, wie er bei dem Gedanken, sich geirrt zu haben, ganz heiß wurde.

Aber nun hörte er wieder die Stimme des dänischen Amtsvorstandes leise durch das Telephon:

»Hingegen gibt es ein kleines Boot aus Skagen, das ›Anna‹ heißt. Das ist auch einige Zeit hier in Fredrikshavn gelegen.«

»Ist es noch da?« fragte Krag, seiner Sache nun wieder gewiß. Seine Stimme bebte leicht vor Freude, auf der rechten Spur zu sein.

»Das weiß ich nicht,« erwiderte der Däne.

»Ist es ein Schleppboot?« fragte Krag.

»Man kann es so nennen, aber an der ganzen Küste wegen seiner kräftigen Maschine bekannt.«

»Wie sieht es denn aus?«

»Hoher Schornstein, mit roten und schwarzen Streifen. Zwei Maste. Ziemlich tiefes Achterdeck, vorspringender Bug, wie bei einem kleinen Panzerschiff.«

Krag dankte und klingelte ab.

Ja! Jetzt war er auf der rechten Spur. Der Wächter hatte offenbar, bevor er durch den Schlag bewußtlos wurde, die Verbrecher von dem Plan sprechen gehört – und nun war der Name in seiner Betäubung immer wieder aufgetaucht. Mit seinem Ausruf: »Paßt auf die Anna auf!« hatte er nicht seine Frau gemeint, die treue Seele, sondern den Schleppdampfer, der sein Gold fortführte.

Im selben Augenblick kam ein Matrose mit dem Namen des Torpedobootes »Hai« in goldenen Lettern auf dem Mützenbande in das Telegraphenamt.

Er meldete die Ankunft des »Hai« an der Brücke und sagte, daß man Asbjörn Krag an Bord erwartete.

Krag sagte sich, daß jeder Augenblick kostbar war, und eilte darum in vollem Lauf der Brücke zu, gefolgt von dem andern Polizisten und dem Matrosen.

Dort unten sah er das Torpedoboot durch die Dunkelheit leuchten. Er nahm einen Anlauf und sprang vom Kai auf das Deck des Bootes.

In der Dunkelheit prallte er an einen hochgewachsenen Mann an, dessen Gesichtszüge er nicht genau unterscheiden konnte. Aber er sah, daß es ein Marineoffizier war.

»Asbjörn Krag?« fragte der Offizier.

»Ja,« antwortete Krag. Er wollte noch fragen, wen er vor sich habe, aber fand keine Zeit dazu.

Der Offizier drehte sich rasch um und gab einen Befehl.

Der Maschinentelegraph klingelte und das Stahldeck des Torpedobootes begann zu erzittern, während die Maschine sich in Bewegung setzte.

Die Mannschaft lief hin und her. Der Landungssteg wurde eingezogen, und das Boot entfernte sich langsam von der Brücke.

Krag wollte gerne wissen, wer der Marineoffizier war, der ihn angesprochen hatte.

Er nahm deshalb eine Zigarette aus seinem Silberetui und zündete sie an. Im Scheine des Streichholzes sah er nun das Gesicht des Marineoffiziers.

»Der Admiral selbst!« rief er.

»Ganz richtig,« erwiderte der Admiral. »Ich glaubte, Sie hätten mich gleich erkannt.«

»Wo ist das andere Torpedoboot?« fragte der Detektiv.

Der Admiral nahm ihn unter den Arm und geleitete ihn zu dem Steuerhäuschen.

Das kleine, kräftige Boot fuhr nun mit großer Geschwindigkeit vorwärts. Man konnte die Lichter zu beiden Seiten des Mossesundes sehen. Der Ort selbst lag schimmernd da wie ein Brillantgeschmeide.

Aber vorne auf offenem Meer fegte ein breites, weißes Lichtband über die Himmelswölbung, es rieselte sachte hinunter zum Meeresspiegel und drehte sich dann in einem Halbkreis herum.

»Das ist das andere Torpedoboot,« sagte der Admiral. »Sehen Sie, es ist schon in voller Tätigkeit.«

Krag drückte die Hand des Offiziers mit Wärme.

»Ich bin voll Bewunderung für Ihre Raschheit,« sagte er. »Ohne Ihre Hilfe hätte die Sache schlimm ausgesehen.«

Der Admiral wehrte das Kompliment ab.

»Sie müssen doch gestehen,« erwiderte er, »daß die Idee mit den Torpedobooten von Ihnen ausging. Und ich bin überzeugt, wenn das Ihnen fehlgeschlagen hätte, so hätten Sie eben etwas anderes gefunden, das vielleicht nicht ebensogut gewesen wäre, aber doch auch sicher zum Ziele geführt hätte.«

»Ja, das weiß Gott,« sagte Krag ernst. »Ich würde den Rotbärtigen bis ans Ende der Welt verfolgen. Seiner verschlagenen Klugheit zum Trotz muß er mir doch einmal in die Hand fallen.«

»Sie sprechen, als hätten wir ihn schon.«

»Ja, das haben wir doch auch – beinahe.«

Der Admiral sah über das Wasser hin. Es rauschte jetzt stark von dem Südwind, der ihnen entgegenwehte, und das kleine Kriegsschiff schwankte heftig in dem Seegang.

»Den Scheinwerfer spielen lassen!« rief er über das Verdeck.

»Zu Befehl, Herr Admiral,« erwiderte eine Stimme.

Auf der Steuerbordseite begann es nun aus einer Maschinerie zu funkeln, und plötzlich lag das weiße Lichtband weit über dem Wasser. Ganz weit draußen kreuzte es sich mit dem suchenden Lichte des anderen Torpedobootes.

»Rechts!« rief der Admiral.

»Zu Befehl, rechts!« lautete die Antwort, und das Licht begann langsam in einem ungeheuren Bogen über die Wellen hinzufegen. Wo es hintraf, wurde es taghell, selbst die Schaumkämme auf den Wellen traten klar hervor. Es war, als sähe man das Meer in einem Kinobild.

»Halt!«

Ganz weit draußen war ein schwarzer Gegenstand in das weiße, suchende Licht geraten. Der Admiral ergriff ein Fernglas und führte es ans Auge, aber legte es gleich wieder weg.

»Nur eines der Wilson-Boote,« sagte er.

Das Licht drehte sich um den ganzen Horizont, ohne daß ein einziges Schiff entdeckt wurde. Der Admiral ließ es wieder zurückgehen, aber auch jetzt war nichts anderes zu sehen, als das Wilson-Boot, das in einsamer Majestät über den stummen Fjord dampfte.

Der Admiral wandte sich dem Detektiv zu.

»Sie sehen selbst,« sagte er, »wir haben wenig Hoffnung. Nach einem kleinen Schleppdampfer auf offenem Meere zu fahnden, ist akkurat so, als wollte man in einem Heuschober nach einer Nadel suchen. Und trotzdem wollen Sie behaupten, daß der rotbärtige Ingenieur *beinahe* in unseren Händen ist?«

»Absolut,« erwiderte Krag. »Ich habe mich nämlich an ganz bestimmte Tatsachen zu halten.«

Er erklärte dann dem Admiral alles, was er während der Fahrt an der kleinen Haltestelle aufgeschnappt hatte, auf der Eisenbahnstation Moß und durch das Fredrikshavner Telephon.

Er enthüllte den Plan des Ingenieurs Barra mit dem Automobil und konstatierte, daß der Vorsprung des Ingenieurs trotz alledem nicht bedeutend sein konnte.

»Wie wurde der Dampfer ›Anna‹ beschrieben?« fragte der Admiral, der Asbjörn Krags Darstellung mit Interesse und Spannung angehört hatte.

»Hoher Schornstein mit rotem und schwarzem Streifen. Zwei Maste, ziemlich niedriges Achterdeck und vorspringender Bug, wie bei einem Panzerschiff en miniature,« erwiderte Krag.

»Wieviel nehmen Sie an, daß geraubt worden ist?« fragte der Admiral.

»Ich vermute, daß es sich um etliche Hunderttausende handelt.«

»Hat er noch andere Sünden aus dem Gewissen?« fragte der Admiral ernst.

»Beinahe Mord!« lautete die Antwort.

»Und Sie glauben, daß er um ›seiner Sache‹ willen noch einen begehen könnte?«

»Ich traue Ingenieur Barra alles zu, um seine Pläne durchzuführen.«

Der Marineoffizier überlegte einen Augenblick. »Ja, dann bleibt nichts anderes übrig,« sagte er. Und er gab Order, die Backbordkanonen einstweilen für blinde Schüsse zu laden, aber scharfe Munition bereit zu halten.

Plötzlich zischte eine rote Rakete zum Himmel auf, platzte knallend hoch oben in der Lust und rieselte in hundert Feuersunken herab.

»Das ist das Signal des anderen Torpedobootes,« sagte der Admiral. »Es will unsere Aufmerksamkeit erregen. Lassen Sie uns sehen, was gemeint ist.«

Der Scheinwerfer des anderen Torpedobootes war nun ununterbrochen auf einen bestimmten Punkt auf dem Meere gerichtet. Das Torpedoboot, an dessen Bord Krag sich befand, richtete sofort sein Licht auch auf denselben Punkt. Und der Admiral nahm wieder sein Glas und sah hin. Dann reichte er das Glas dem Detektiv.

Asbjörn Krag führte es rasch ans Auge: Ganz richtig! Weit draußen sah er deutlich ein kleines Dampfboot mit voller Geschwindigkeit südwärts dampfen.

»Das sieht ja aus – das muß es ja sein!« rief Krag.

»Der Schornstein stimmt nicht,« bemerkte der Admiral. »Es sieht aus wie *ein* breiter, schwarzer Streifen um das Rohr. Die ›Anna‹ soll doch einen schwarzen und einen roten haben.«

»Diese zwei Farben mit Zwischenraum sind in dieser Nachtbeleuchtung wohl unmöglich zu unterscheiden, Herr Admiral.«

Nach nochmaliger Untersuchung fand auch der Admiral, daß dies sich so verhalten könne, und ließ das Torpedoboot mit höchstmöglicher Geschwindigkeit dem Fredrikshavner nacheilen. Bald war man so nahe, daß man das Dampfschiff ›Anna‹ nach der Beschreibung deutlich erkennen konnte.

»Kanonen klar!« kommandierte der Admiral. Einen Augenblick darauf rollte ein Schuß über die See.

»Wir geben ihnen noch ein paar blinde,« bemerkte der Admiral. »Und hilft das nichts, so haben wir ja schärfere Kost.« Und wieder führte der Admiral das Fernglas ans Auge.

»Sie ergeben sich noch nicht. Aber die Kerle müssen doch merken, daß es Ernst ist!« Und er gab Order, noch einen letzten, blinden Schuß zu lösen.

Da sahen der Admiral und Krag, daß der Dampfer dem anderen Torpedoboot ein Signal gab.

»Aha!« rief der Admiral. »Jetzt kommen sie doch zur Vernunft. Sie verlangsamen die Fahrt und drehen. Sie sind eingeholt. Jetzt wollen wir mit Ihren Verbrechern ein Wörtchen sprechen,« wandte er sich an Asbjörn Krag.

Krag hatte unterdessen durch das Fernglas jeden Mann auf dem Verdeck der ›Anna‹ gründlich untersucht, aber es war ihm nicht gelungen, Ingenieur Barras charakteristische Gestalt zu entdecken. Er sagte dies dem Admiral, aber fügte hinzu, daß der Betreffende sich vermutlich jetzt im Lastenraum versteckt hatte.

»Wahrscheinlich. Aber heraus muß er, und wenn wir ihn ausräuchern sollten,« lachte der Admiral.

Das Torpedoboot war nun Seite an Seite mit dem Dampfer.

»Wie heißt das Boot?« rief der Admiral.

»Anna‹ aus Fredrikshavn, Kapitän Aage Jensen, ich selbst, zu Diensten,« lautete die Antwort.

»Sie haben einen Mann an Bord, dessen Auslieferung wir verlangen.«

»Wer sollte das sein?«

»Ein rotbärtiger Ingenieur, der sich Barra nennt.«

»Nein,« kam die rasche Antwort, »kennen wir hier an Bord nicht.«

»Wir glauben Ihnen nicht!« erwiderte der Admiral.

»Dann bitte – untersuchen Sie.«

»Gut.«

»Ich gehe sofort an Bord,« sagte Asbjörn Krag, »und das Mauseloch ist noch nicht erfunden, wo Barra sich vor mir verkriechen wird!«

»Sie müssen einige Matrosen mitnehmen,« sagte der Admiral.

»Nein,« rief Krag ernst. »Diese Sache verlange ich allein auszuführen.«

»Sie fürchten sonst einen verzweifelten Streich?«

»Ja – *einem* liefert er sich vielleicht schließlich aus, im Vertrauen auf seine spätere List und Heimtücke. Mehreren nie – da zieht er es vor, alle mit ins Verderben zu stürzen. Darum müssen Sie auch, Herr Admiral, eine Zeitlang in angemessener Entfernung bleiben. Nur den Dampfer nicht aus dem Gesicht verlieren, was auch geschehen mag! Verlassen Sie sich im übrigen auf mich! Ich kenne den Herrn an Bord jetzt gründlich.«

Der Admiral klopfte zum Abschied Asbjörn Krag herzlich auf die Schulter. Der Detektiv flüsterte darauf seinem Kollegen einige Worte zu und schärfte ihm ein, auf dem Posten zu sein. Dann sprang er leicht und behend auf das Verdeck der »Anna«.

Auf Krags Wunsch entfernten sich die beiden Torpedoboote einen guten Büchsenschuß weit. Und Krag, auf seinen Mut und seine Geistesgegenwart vertrauend, war nun allein an Bord des Freibeuters, den er so kühn und geschickt bis hierher verfolgt und zur Kapitulation gezwungen hatte.

X

Gefangen

Auf dem Verdeck wurde Krag von einem Dänisch sprechenden, seemännisch gekleideten Mann von robustem, nichts weniger als Vertrauen erweckendem Aeußeren empfangen.

»Ich bin der Kapitän des Bootes. Was wünschen Sie also?« fragte er.

»Ich wünsche nicht,« erwiderte der Detektiv bestimmt. »Ich verlange Ihr Boot zu untersuchen.«

»Mit welchem Recht?«

Krag zog seine Polizeikarte.

»Ich bin Mitglied der Polizei in Christiania,« erwiderte er.

»Aber das ist ein dänisches Fahrzeug.«

»Hat nichts zu sagen. Wir befinden uns noch auf norwegischem Seeterritorium.«

Der Kapitän sah zu den Torpedobooten hinüber.

»Gut,« sagte er, »ich sehe, daß Sie die Macht haben. Also bitte, tun Sie, was Sie wollen.«

Krag und der Kapitän gingen zusammen in die Kajüte hinunter.

»In welcher Angelegenheit sind Sie in Norwegen gewesen?« fragte er.

»In Ingenieur Barras Angelegenheit,« erwiderte der Kapitän ganz ruhig.

Der Detektiv zuckte zusammen. Also doch!

»Wissen Sie, daß Sie ein Werkzeug in den Händen eines großen Verbrechers gewesen sind?«

»Nein, davon habe ich keine Ahnung.«

»Was haben Sie denn im Mosse-Fahrwasser gemacht.«

»Ich habe zehn kleine Blechkassetten abgeholt.«

»Die in einem roten Automobil zum Schiff gebracht wurden?« fragte der Polizist rasch.

»Ganz richtig.«

»Kannten Sie den Automobilführer?«

»Ja, es war kein anderer als Barra.«

»Und er kam mit an Bord?«

»Nein, er blieb zurück.«

»Das glaube ich nicht,«

»Dann lassen Sie es bleiben. Finden Sie, daß ich Ihnen im übrigen etwas verhehle?«

Krag konnte sich dieser Logik nicht ganz verschließen.

»Hören Sie mal,« sagte er, »kennen Sie Barra schon längere Zeit?«

»Ja, viele Jahre, ich traf ihn das erstemal auf Kuba.«

»Ist er ein guter Kamerad?«

»Er ist nicht mein Kamerad,« erwiderte der Seemann, »ich leiste ihm nur Dienste, wenn er es verlangt.«

»Bezahlt er gut?«

»Nun, ja.«

»Warum lassen Sie sich doch auf so zweifelhafte Geschäfte ein?«

»Weil ich muß, wer einmal in Barras Klauen ist, muß sein Freund sein. Sonst–«

»Sonst?«

Der Seemann erwiderte nichts. Er lächelte nur. Krag dachte bei sich selbst, daß er noch nie ein so unheimliches Lächeln gesehen hatte.

»Wo sind die gestohlenen Blechkassetten?« fragte Krag.

»Gestohlen?« rief der Kapitän. »Ach so! Die sind gestohlen?«

»Das mußten Sie doch wissen.«

»Nein, das konnte ich nicht wissen. Barra hat immer soviel Wunderliches vor. Aber hier sind die Kassetten.«

Er warf einige Plachen beiseite. Darunter standen die zehn Blechkassetten. Krag beugte sich herab, und er konnte einen Ausruf der Freude nicht unterdrücken. Es war wirklich die gestohlene Goldsendung. Krag erkannte sie nach der Beschreibung. Und die Siegel waren uneröffnet, der Inhalt also noch unversehrt. Er hatte die Bank vor einem ungeheuren Verlust bewahrt.

Plötzlich hörte er hinter sich eine Türe knirschen. Rasch wie der Blitz sprang er auf und drehte sich um, aber blieb wie versteinert stehen.

Da, vor ihm stand Ingenieur Barra und sah ihn mit seinem unendlich höhnischen und überlegenen Blick an. Er war in seinen alten, staubgrauen, schmutzigen Mantel gehüllt.

Der Detektiv sah sich rasch um. Zu seinem Schrecken entdeckte er, daß der Rotbärtige und der Kapitän zwischen ihm und der Türe standen. Draußen rauschten Wellen und Wind. Selbst der verzweifeltste Schrei konnte von keinem menschlichen Ohr an Bord der zwei Torpedoboote gehört werden.

Ingenieur Barra stand lange still und starrte den Detektiv mit seinen kalten, fühllosen Schlangenaugen an.

Der Kapitän des Schiffes schien über das Erscheinen des Rotbärtigen nicht im geringsten betroffen.

Er lächelte und sagte:

»Sie strafen mich Lügen, Herr Barra! Nun ja, so habe ich nichts mehr zu sagen, da meine Worte ja doch keinen Glauben mehr finden werden.«

Asbjörn Krag nickte: »Da haben Sie recht,« sagte er, »ich glaube Ihnen nichts mehr.«

Es trat eine Pause ein, in der die drei Männer einander betrachteten und gleichsam gegenseitig ihre Kräfte prüften. »Soll ich gehen?« fragte dann plötzlich der Kapitän.

»Nein,« antwortete der Rotbärtige. »Bleiben Sie nur, wir sind stärker, wenn wir zu zweien sind.«

Asbjörn Krag hatte nun seine Beherrschung wiedererlangt.

»Wollen wir uns nicht setzen?« fragte er gleichmütig. »Ich vermute, daß Sie mit mir unterhandeln wollen, und da ist es unleugbar behaglicher, zu sitzen, als zu stehen.«

Der Rotbärtige machte eine Handbewegung.

»Bitte,« sagte er. »Nehmen Sie auf dem Sofa Platz. Ich selbst ziehe es vor, zu stehen.«

»Ich liebe es,« fuhr Krag fort, indem er Platz nahm, »ich liebe es, meine starken, türkischen Zigaretten zu rauchen, wenn ich in eine peinliche und nervenanspannende Situation gerate. Gestatten Sie, daß —«

»Nein,« unterbrach der Rotbärtige rasch.

Krag sah, daß ein Gegenstand in seiner Hand aufblitzte. Es war ein Revolver.

»Warum nicht?«

»Weil«, erwiderte der Ingenieur und lächelte in seiner unheimlichen Weise, »ich nicht wünsche, daß Sie auch nur einen einzigen Augenblick Ihre Hand in die Tasche stecken.«

»Was wollen Sie denn eigentlich von mir?«

»Das werden Sie sogleich erfahren. Ich hatte zuerst gedacht, mich vor Ihnen zu verbergen. Aber als ich entdeckte, daß Sie allein an Bord gekommen sind, überlegte ich es mir sofort. Sie haben eine Dummheit gemacht, Herr Detektiv.«

»Kaum! Ich wollte nur nicht noch andere irgendwelchen teuflischen Anschlägen von Ihrer Seite aussetzen. Ich konnte mir ja denken, daß Sie, wenn Sie sahen, daß alles aus ist, sowohl sich selber, wie uns andere in einer Weise aus der Welt befördern würden, die eines großen Verbrechers würdig ist.«

»Wirklich, – dachten Sie das? Ich gestehe, daß ich einen Augenblick dieselbe Idee hatte, aber ich habe sie wieder aufgegeben.«

»Sie ergeben sich also? Damit tun Sie sehr klug.«

»Ich ergebe mich nie. Da will ich lieber untergehen und Sie mitreißen.«

»Sie vergessen, daß Sie in meiner Macht sind,« erwiderte Krag. »Ich habe die zwei Torpedoboote, die hier vor uns kreuzen, vollständig zu meiner Verfügung.«

Der Rotbärtige lachte laut.

»Ja, eben diese zwei Torpedoboote genieren mich. Die müssen wir loswerden.«

»Da wäre ich aber neugierig.«

»Sie müssen mir dazu helfen.«

»Wollen Sie schon wieder versuchen, mich zu bestechen?«

»Durchaus nicht. Ich will Sie zwingen.«

»Damit werden Sie noch weniger Glück haben.«

»Ja, dann müssen Sie sterben!«

»Das wird auch Ihnen das Leben kosten.«

»Sagen Sie das nicht! Ich habe vielleicht noch mehr Auswege, als Sie ahnen.«

Krag überlegte einen Augenblick.

Unterdessen hatte Ingenieur Barra seinen Revolver gehoben.

Der Polizist sah an dem bösen Blick seiner Augen, daß er es ernst meinte.

»Was wollen Sie, daß ich tue?« fragte er.

»Schreiben! Dann werde ich Ihnen etwas erzählen.«

Er gab dem Kapitän einen Wink, und dieser schaffte Tinte, Feder und Papier herbei.

»Wem soll ich schreiben?«

»Dem Chef der Torpedoboote, dem Admiral. Ich sehe, daß das eine die Admiralsflagge führt. Sie sollen die Torpedoboote ersuchen, sich wegzubegeben.«

»Das tun sie ja doch nicht.«

Krag erhob noch allerlei Einwürfe, nur um Zeit zu gewinnen. Sein Gehirn arbeitete intensiv, um einen Ausweg zu finden.

»Schreiben Sie nur, wie ich Ihnen diktiere,« rief Barm.

Krag kam plötzlich eine Idee, und er brachte die Feder ans Papier und schrieb nach dem Diktat des rotbärtigen Ingenieurs. Aber Krag, der ein Meister darin war, seine Handschrift zu verstellen, schrieb vollkommen anders, als er zu schreiben pflegte.

Der Brief lautete so:

> Lieber Admiral!
>
> Der geraubte Schatz ist per Automobil südwärts über den Smaalensweg gebracht. Halten Sie ihn von der Skjebergsbucht aus an der Station Berg auf. Senden Sie das andere Torpedoboot nach Arendal, wohin Barra, als er sich verfolgt wußte, per Motorboot geflüchtet ist. Ich fahre mit der »Anna« weiter nach Fredrikshavn, um die übrigen Mitglieder der Bande zu arretieren.
>
> Krag.

Ingenieur Barra nahm das Papier und las es durch.

»Sie haben eine hübsche und natürliche Handschrift,« sagte er. »Wollen Sie nur noch so liebenswürdig sein, das Datum hinzuzufügen. Das gehört zu jedem ordentlichen Schreiben. Aber vorher will ich mich revanchieren, damit Sie auch sehen, daß für den Augenblick nicht mit mir zu spaßen ist. Ich will Ihnen etwas aus meiner Geschichte erzählen, damit Sie nicht weiter glauben, daß Sie es mit einem gewöhnlichen Golddieb und Mörder zu tun haben.«

Krag verbeugte sich mit einem spöttischen Lächeln, dadurch gewann er ja Zeit. Zeit, die einzige Hoffnung, um einen möglichen Plan zu durchdenken, wie er sich mit heiler Haut aus der Affäre ziehen sollte.

»Ah,« rief Barra heftiger, als Krag ihn je gesehen hatte, »was versteht solch ein kalter Schnüffler wie Sie von Menschen meiner Art, meiner Ideen eines Fortschrittes für die Menschheit? Welche Rolle spielen für einen großen Feldherrn ein paar elende Menschenleben und die sogenannten Werte des Augenblicks! Wo wir das Zehntausendsache erreichen können! Für alle Menschen!«

»Gestatten Sie mir doch zu bemerken,« versuchte Krag einzuschalten.

»Unterbrechen Sie mich nicht!« rief Barra. »Ich habe mit größeren Polizisten, als Sie es sind, zu tun gehabt, mit dem ganzen französischen sogenannten Rechtsbewußtsein bin ich infolge meiner edel anarchistischen Anschauungen, die die Revolte um der Zukunft willen anstreben, in Konflikt gekommen. Ich bin da auch Eures sogenannten Mordes und ähnlicher Verbrechen angeklagt gewesen, aber begnadigt worden, weil ich auf dem Gebiete der Kanonentechnik meinem Vaterlande Dienste erwiesen hatte, die vielleicht mehr wert waren als Tausende von Menschenleben! Aber ich mußte mich gleichzeitig verpflichten, in Frankreich zu wohnen und die Polizei jede Woche von mir hören zu lassen. Man fürchtete, daß ich meine Erfindungen verkaufen könnte, verstehen Sie! Aber ich mußte weiter. Ich hatte eine neue – epochemachende – Erfindung zu machen, die mich viele Jahre meines Lebens hauptsächlich beschäftigt hatte. Ich will die Kraftquellen des Sonnenlichtes beherrschen, wie der Müller den Strom seines Mühlbaches! Ich flüchtete darum trotz Ehrenwort und Versprechungen aus Frankreich. Ich brauchte ein Laboratorium auf einem hohen Felsen, und ich fand das, was mir paßte, endlich hier in Norwegen. Ueber die Grundprinzipien meiner Erfindung kam ich hier ins reine, und ich sah die Zukunft in einem Glorienschein, als Sie zum erstenmal meinen Weg kreuzten. Bedauerlicherweise – denn jetzt handelte es sich um die andere Seite der Sache: in diesem fernen Felsenlande Geld zu schaffen! Sie kennen meinen Witz mit den Telegraphendrähten. Dadurch kam ich in den Besitz vieler Geschäftsgeheimnisse, die ich einträglich zu gestalten wußte. Aber ich brauchte Millionen für mein Werk. Da schnappte ich durch den Telegraphen das Geheimnis zwischen den Banken auf und entwarf den Plan, dessen Ausbeute Sie dort drüben sehen – etwas über die erste Million, die ich brauche!

Zuerst wollte ich doch meiner Sache sicher sein und prüfte einige Maschinenteile unter höchster elektrischer Spannung. Sehen Sie! Darum konzentrierte ich in meinem Zimmer in Christiania, das Sie ja kennen, die gesamten Kräfte des Elektrizitätswerkes. Christiania lag mehrere Stunden im Dunkeln, aber mir leuchtete meine verwirklichte Erfindung.

Da kreuzten Sie plötzlich zum zweiten Male meinen Weg und meine Pläne. Zur Warnung sandte ich tausend Volt durch Sie. Ich hätte Sie töten können und bedaure jetzt, daß ich es nicht tat.

Nun kommt das, was Sie ebensogut wissen, wie ich selbst. Aber«, fügte Barra mit erhobener Stimme hinzu, »jetzt haben Sie mich zum dritten Male auf der Schwelle zu dem Ruhm und Glück meines Lebens aufgehalten. Darum werden Sie begreifen, entweder lassen Sie mich jetzt mit meinem durch, oder weder ich noch Sie kommen lebend von hier fort.«

»Ich verstehe Sie,« sagte Krag mit anscheinender Kälte, aber nicht ganz unberührt von den Ideen des tollen Mannes, »und nun?«

»Nun sind Sie so gut, ein Datum unter Ihr Schreiben zu setzen.« Und er legte das Papier noch einmal dem Detektiv vor, während er gleichzeitig deutlich an seinem Revolver fingerte.

Krag setzte das Datum ein und fragte Barra, ob er wirklich glaubte, daß er ihn durch die Revolvermündung dazu gebracht habe, diesen Brief zu unterschreiben.

»Nein, Herr Erfinder, nicht deshalb habe ich es getan,« fügte er hinzu, »sondern ausschließlich, weil ich nicht glaube, daß der Admiral die geringste Rücksicht auf ein so plumpes Schreiben nehmen wird! Jeder muß ja sehen, daß es mir erpreßt ist.«

»Möglich,« erwiderte Barra. »Aber zu dem Schreiben muß noch etwas anderes kommen, das wirkungsvoller ist.«

»Das wäre?«

»Sie werden auf Verdeck gehen und zum Abschied winken, damit der Admiral persönlich konstatieren kann, daß alles in Ordnung ist.«

»Nie!« rief der Detektiv anscheinend empört, während in seinem Innern sich jetzt ein neuer Plan formte. Hier galt es in Wahrheit die höhere Komödie. Und bevor jemand ihn hindern konnte, ergriff er das Schreiben und riß es quer durch.

»Machen Sie mit mir, was Sie wollen!« schrie er. »Mein Leben spielt keine Rolle.«

»Aber meines schon,« rief Barra und gab dem Kapitän einen Wink, und binnen wenigen Sekunden hatte der riesenstarke Seemann Asbjörn Krag gefesselt.

»Lassen Sie ihn nur stehen und zusehen,« sagte Barra. »Diese Art Kopien sind meine geringste Kunst.« Und er nahm das zerrissene Schreiben, legte die Stücke zusammen und studierte die

Schrift einige Augenblicke genau. Dann griff er zur Feder und ahmte das Schreiben genau nach vom ersten bis zum letzten Buchstaben.

»Selbst der berühmte John Burnes, der Bankschwindler in London, von dem Sie wohl schon gehört haben,« warf er, an Asbjörn Krag gewendet, hin, »hätte dieses Schriftstück nicht besser nachahmen können.«

Asbjörn Krag neigte den Kopf wie ein Mann, der sich überwunden fühlt, aber in seinem Herzen freute er sich darüber, wie leicht seine List gelungen war.

Dieser Barra war ein Phantast, der seine Gegner immer unterschätzte. Darum mußte er ihn auch schließlich trotz alledem unterkriegen. Sicherlich würde Krags Kollege, der junge, tüchtige Detektiv, keine Silbe dieses Schreibens glauben, denn er kannte Krags wirkliche Handschrift ganz genau.

»So, und jetzt stellen Sie sich auf das Verdeck und winken,« sagte Barra, »wenn nicht, blase ich Ihnen das Hirn aus!«

»Winken – mit gebundenen Händen?« fragte Krag beinahe lustig.

»Nein, Sie sollen freie Hand haben, da es sich doch um Ihr Leben handelt,« erwiderte Barra zuvorkommend und gab seinem Kapitän Order, den Detektiv wieder zu befreien. Dies geschah, und Asbjörn Krag fühlte die Kälte einer Revolvermündung in seinem Nacken, während ihn die zwei Banditen zwangen, mit auf das Verdeck hinaufzukommen. Er tat es mit Freuden, stellte sich aber, als fühlte er sich überwunden, und sah mit Gemütsruhe zu, wie ein Boot bemannt wurde, um sein gefälschtes Schreiben an Bord des Admiralschiffes zu bringen. Es war der Kapitän selbst, der diese gefahrvolle Mission auf sich nahm. Aber bevor er in das Boot stieg, rief er seinen Steuermann, einen vierschrötigen, stiernackigen Gesellen, und gab ihm einige Weisungen. Unterdessen wandte sich Krag Barra zu, der die ganze Zeit jede seiner Bewegungen bewachte und den Finger in einer Weise auf dem Hahn des Revolvers hielt, die Krag nicht daran zweifeln ließ, daß er ihn bei der geringsten unvorsichtigen Bewegung niederschießen würde wie einen tollen Hund.

»Sie sollten mit Ihrem Revolver etwas vorsichtiger sein,« sagte er ruhig.

»Darf ich ehrerbietigst fragen, warum?« fragte Barra mit einem ungeheuer liebenswürdigen Lächeln.

»Weil man an Bord des Torpedobootes gute Ferngläser hat! Gesetzt, das Auge des Admirals fiele auf Ihren Revolver! Was würde dann geschehen?«

»Dann würden vermutlich die kleinen Kriegsschiffe hierher steuern,« erwiderte Barra gleichgültig.

»Nun? Und was dann?«

»Dann wäre ich eben genötigt, Sie zu erschießen! Denken Sie, Ihre Gesellschaft bis Fredrikshavn entbehren zu müssen,« lachte er spöttisch.

»Warten Sie nur!«

»Das tue ich.«

Der Kapitän hatte unterdessen seinen Steuermann instruiert, und Krag sah jetzt, wie er das Boot bestieg, während der Steuermann seinen Revolver in Empfang nahm und sich auf der anderen Seite von Asbjörn Krag aufstellte.

»Du verstehst – bei der geringsten verdächtigen Bewegung!« rief der Kapitän noch einmal dem Steuermann zu.

»All right,« erwiderte dieser mit einem finsteren Blick auf Asbjörn Krag, der jetzt zwischen Barra und ihm stand. Aber keiner von ihnen war doch so nahe, daß Krag ihn mit ausgestreckter Hand erreichen konnte. Als der Kapitän in das Boot gesprungen war, legten die Matrosen die Riemen aus, und gleich darauf war das Boot von einer Sturzwelle ein tüchtiges Stück von dem kleinen Dampfer fortgeschleudert. Das eine Torpedoboot dampfte langsam den Kommenden entgegen. Nach Verlauf von zehn Minuten konnten die Ruderer an der eisernen Flanke des Torpedobootes anlegen, und Krag sah den Kapitän auf das Verdeck springen. Was dort vorging, konnte er nicht sehen, die Entfernung war zu groß, auch war es noch zu dunkel.

Krag bemerkte, daß Ingenieur Barra von der Spannung des Moments ergriffen war. Das Einzigartige und Gewagte des Spieles, das jetzt vorging, hatte also selbst auf einen so verhärteten Burschen wie den rotbärtigen Ingenieur seine Wirkung nicht verfehlt. Sollte ihm das Spiel gelingen?

»Ah,« murmelte Barra, »ein Signal!«

Und wirklich, aus dem Boot des Admirals wurde dem anderen Torpedoboot, das sich in der Nähe befand, signalisiert. Ein paar Minuten darauf sah Krag, wie dieses Boot nach Norden drehte und davondampfte. Dicke, schwere Rauchwolken wälzten sich aus seinem Rauchfang.

Ingenieur Barra lächelte, und beinahe freundlich sagte er zu dem Polizisten:

»Jetzt geht das eine Torpedoboot nach Arendal. Es sieht aus, als sollte das Ganze gelingen. Ihr Schicksal wollte nicht, daß Sie diesmal sterben.«

»Triumphieren Sie nicht zu früh,« sagte Krag. »Sehen Sie das andere Torpedoboot. Das kommt hierher.«

Ingenieur Barra zuckte zusammen.

»Zum Geier,« rief er. »Was soll das heißen?«

Das Torpedoboot dampfte langsam auf sie zu.

»Auf dem Kommandoturm steht ein Mann in Zivil,« sagte Barra. »Er hat ein Taschentuch in der Hand.«

»Ich bewundere Ihre Augen,« sagte der Detektiv nur. Aber er wußte, daß der Mann in Zivil sein Kollege sein mußte.

Jetzt winkte er mit dem Taschentuch.

»Ausgezeichnet!« rief plötzlich Barra. »Jetzt verstehe ich das Ganze. Das Boot wird nur so dicht an uns vorbeistreichen, daß ein Mann an Bord Ihnen zum Abschied winken kann. Wenn Sie dann zurückwinken, versteht man, daß alles in Ordnung ist. Winken Sie, Mann! Winken Sie! Oder Sie sind des Todes.«

Barra rückte dem Detektiv auf den Leib und hob den Revolver in der Richtung seines Kopfes, aber so, daß man es an Bord des Torpedobootes nicht sehen konnte. Er wiederholte: »Winken Sie! Winken Sie zurück, hören Sie?«

Krag wollte in die Tasche nach seinem Taschentuch greifen, aber Barra hielt ihn zurück.

»Nein,« rief er, und warf ihm sein eigenes Taschentuch zu. »Hände aus der Tasche! Nehmen Sie dieses. So winken Sie doch jetzt, zum Teufel!«

Krag war ganz ruhig. Er fühlte, daß der Augenblick der Entscheidung nahte.

Jetzt konnte er, wenn er wollte, die Hand ausstrecken und den Ingenieur erreichen.

»Warten Sie noch einen kleinen Augenblick,« sagte er zu Barra, »warten Sie, bis das Torpedoboot dicht an uns vorbeistreicht!«

Ein paar stumme Sekunden vergingen.

Nun strich das Torpedoboot in der Entfernung einer halben Kabellänge vorbei. An der Steuerkurbel stand der Polizist und winkte langsam mit seinem weißen Taschentuch.

»Nun!« rief Barra. »Jetzt oder nie!« Der Detektiv sah, daß seine Augen vor Erregung ganz blutunterlaufen waren.

»Jawohl,« sagte der Detektiv, »ich winke ja schon.«

Im selben Augenblick streckte er den Arm aus. Aber nicht, um zu winken. Blitzschnell schlang er seine beiden langen Arme um den Rotbärtigen, dessen Schuß im selben Augenblick losging.

»Hallo!« rief Krag. »Sie haben nicht getroffen, diesmal war ich Ihnen zu schnell.« Er hielt ihn mit seinen Riesenkräften fest an sich gedrückt und sorgte dafür, daß Barras Körper zwischen ihm und dem anderen Banditen war. Dieser beschützte ihn so wie ein Schild.

Aber der Steuermann trachtete, auf die andere Seite hinüberzukommen. Er hatte den Revolver schußbereit in der Hand, Krag wußte, daß es im nächsten Augenblick um ihn geschehen sein mußte. Aber da faßte er einen blitzschnellen Entschluß. Eine heftige Kraftanstrengung und er schleuderte sich selbst und den Ingenieur über das Geländer ins Meer hinaus!

»Teufel!« rief der Bandit an Bord und flog mit ausgestrecktem Revolver zum Geländer hin. Seine Augen leuchteten mit fanatischem Glanz. Wenn er doch den Polizisten treffen könnte!

Dort unten im Wasser lagen die beiden und rangen miteinander – der Detektiv und der Rotbärtige, und die Wellen spritzten rings um sie auf.

Aber an Bord des Torpedoboots war man auf den Sachverhalt aufmerksam geworden.

Einige kurze, scharfe Kommandorufe ertönten, und ein kleines Segeltuchboot wurde ins Wasser gelassen, mit drei stämmigen Matrosen bemannt.

Binnen wenigen Minuten waren sie an der Stelle, wo der Polizist und der Ingenieur in den Wellen lagen und auf Leben und Tod miteinander kämpften.

Asbjörn Krag schien sehr angegriffen, seine Kräfte waren fast erschöpft. Ingenieur Barra hatte immer wieder versucht, ihn mit in die Tiefe zu ziehen.

Nun ist das Rettungsboot ganz in der Nähe.

Im selben Augenblick stößt Krag den Kopf des Ingenieurs weg, so daß der Rotbärtige mit einem heiseren Schrei sinkt.

Doch da ist die Rettung schon da. Eine kräftige Faust packt Krag im Nacken und zieht ihn in das Segeltuchboot. Er wird auf den Boden des Bootes gelegt, wo er sofort ohnmächtig zusammensinkt. Aber vorher hat er noch Gelegenheit zu rufen:

»Rettet den andern! Rettet Barra!«

Die Matrosen ruderten eine Weile umher, und wirklich! Dort tauchte der Ingenieur auf. Sein Rücken krümmte sich über dem Meeresspiegel, während der Kopf unter Wasser blieb.

Man packte ihn sofort an den Kleidern und zog ihn an Bord.

Einer der Seeleute – es war ein Unteroffizier – legte das Ohr an seine Brust:

»Er lebt noch,« sagte er. »Das Herz schlägt. Soweit keine Gefahr.«

Sie legten ihn so, daß der Mund nach unten gekehrt war, eine Menge Seewasser lies heraus. Dann wurde zu dem Torpedoboot zurückgerudert.

In dem Augenblick, in dem man Krag über das Geländer auf das Verdeck hob, kam er zum Bewußtsein.

Er rief dem Admiral, der herbeieilte und seine Hände ergriff, zu: »Passen Sie auf den Fredrikshavner auf.«

Im selben Augenblick ertönte ein Schuß von dort.

»Der Schurke!« rief der Admiral. »Er hat die Schiffsseite getroffen.«

»Die Kugel war mir zugedacht,« murmelte der Detektiv. Er war furchtbar blaß. Gleich darauf wurde er wieder ohnmächtig.

Man brachte trockene Kleider, und einige Minuten später lagen der Polizist und der Rotbärtige in der Kajüte des Chefs, der letztere mit entsprechenden Eisen um die Handgelenke versehen.

Auf Krags Weisung wurde dann das Fredrikshavner Dampfschiff mit Marinesoldaten bemannt, und man fuhr zuerst nach Langesund, von wo Krag den glücklichen Ausfall der Sache sowohl dem Chef des Sicherheitsbureaus, wie den interessierten Banken telegraphierte.

Als dies glücklich geordnet war, wurde sofort Kurs auf Christiania genommen.

XI
Diplomatisch

Wir befinden uns in der Polizeistation in Christiania, in dem Kontor des Chefs des Sicherheitsbureaus.

Der Chef geht nervös auf und ab, setzt sich dann nieder, um in einigen Papieren zu wühlen, springt wieder aus, stellt sich an das Fenster und sieht auf den Marktplatz hinaus, wo das Morgenleben pulsiert.

Er sieht auf die Uhr.

Es ist halb neun.

Einen Augenblick darauf klingelt er.

Ein junger Detektiv in Zivil kommt herein.

»Noch keine Mitteilung von Krag?« fragte der Chef.

»Nein.«

»Das fängt an, unheimlich zu werden. Kann Barra doch noch entwischt sein?«

»Nicht unmöglich. Es ist Nebel im Fjord.«

Der Polizist nahm einige geöffnete Telegramme, die auf seinem Tische lagen, und las sie noch einmal durch.

Es waren die Telegramme aus Moß und Horten, die die verschiedenen Schritte meldeten, welche Krag unternommen hatte.

Der Chef sah in Gedanken, wie sein bester Mann rasch und geistesgegenwärtig und klar berechnend dem fliehenden Ingenieur nachgesetzt war. Und welche Mittel hatte er nicht angewendet! Der Chef mußte lächeln. Wie das Krag ähnlich sah: zwei Torpedoboote, einen Extrazug, einen Admiral. Ja, er spielte kühn, wenn er erst Karten in der Hand hatte. Aber sollte es ihm doch mißlungen sein?

»Ein Telegramm.«

»Ah!« Der Chef griff ungeduldig danach. War es von Krag? – Aber nein! Dieses Telegramm war von M. Lecroi, dem Chef der Pariser Polizei, unterzeichnet. Auch dorthin war auf Krags Veranlassung eine telegraphische Anfrage mit dem Signalement des Ingenieurs Barra gesendet worden.

M. Lecroi telegraphierte:

»Aus wichtigen Gründen interessiert es die Pariser Polizei, nähere und erschöpfende Mitteilungen über Ingenieur Barra zu erhalten, weshalb auch ein paar unserer tüchtigsten Detektive soeben nach Christiania abgereist sind. Die dortige Ortspolizei wird gebeten, ihnen alles, was sie weiß, zur Verfügung zu stellen. Barra ist ein genialer Ingenieur und, obwohl vielleicht der erste Erfinder der Zeit, ein gefährlicher Anarchist. Experimentiert besonders mit neuen Sprengstoffen. Hat der französischen Marine Torpedoverbesserungen für hunderttausend Franken verkauft und wurde unter jetzt verletzten Bedingungen für seine Verbrechen begnadigt. Näheres durch den Gesandten in Christiania.«

Das sieht ja nach einer Persönlichkeit von politischer Bedeutung aus, dachte der Chef des Sicherheitsbureaus. Uebrigens sollten die Herren Franzosen nicht so überlegen von unserer »dortigen Ortspolizei« sprechen. Ich möchte wissen, ob einer von ihnen Asbjörn Krag diese Festnahme nachmachen könnte, – wenn sie ihm nur auch geglückt ist, fügte er mit einem tiefen Seufzer hinzu.

Endlich – gegen zwei Uhr nachmittags kam die sehnsüchtig erwartete telegraphische Botschaft von Asbjörn Krag. Das Telegramm versetzte den Chef in einen Taumel des Entzückens, der wenig mit dem sonstigen Auftreten des ernsten Polizeigewaltigen übereinstimmte. Er rief alle Anwesenden der Detektivabteilung zusammen, schwang das Telegramm triumphierend über seinem Kopf und rief:

»Hab' ich's nicht gedacht! Krag hat gesiegt. Barra und seine Bande ist gefaßt.«

Das Telegramm von Langesund ging nun von Hand zu Hand und wurde mit ebenso großem Interesse wie Aufmerksamkeit gelesen.

»Hier angekommen. Barra und seine Mitschuldigen gefaßt. Das Gold gerettet. Wir unterwegs Christiania. Erwartet uns Kaiserbrücke. Krag.«

Und nun wich der Chef des Sicherheitsbureaus von aller hergebrachten Regel ab und stellte sich selbst an die Spitze seines Personals, um an einem der nächsten Abende eine festliche Veranstaltung für Krag abzuhalten. In Wahrheit, er verdiente es, und alle konnten auch aus seinem interessanten Bericht, wie er diese schwierige Affäre gelöst hatte, lernen. Vielleicht auch die zwei »berühmten« französischen Detektive, wenn sie herkamen. Man konnte ihnen ja einen Dolmetscher spendieren, lachte der Chef und rieb sich die Hände. Niemand konnte sich erinnern, ihn so vergnügt gesehen zu haben, wie an diesem Morgen. Und er hatte allen Grund, sich obenauf zu fühlen.

Der Direktor der Bank, an der der Diebstahl begangen worden war, hatte einen tüchtigen Morgenschrecken gehabt.

Schon um drei Uhr nachts wurde der Präsident der Direktion geweckt und bekam von der Polizei die Mitteilung von Barras Raub des Eisenbahnwagens und seines Goldinhaltes. Er konnte vorläufig nichts anderes in der Sache tun, als schon von seiten der Polizei geschehen war. Doch gleich am nächsten Morgen rief er die übrigen Direktionsmitglieder der Bank zu einer außerordentlichen Sitzung zusammen. Er berichtete über die näheren Umstände des Raubes, die ungewöhnliche Höhe des Betrages und konstatierte, daß die Stellung der Bank ernstlich erschüttert war, wenn es dazu kam, daß sie diesen ganz unvorhergesehenen Verlust tragen mußte.

Die Direktion beschloß beisammenzubleiben und nähere Nachrichten der Polizei abzuwarten, bevor ein weiterer Schritt unternommen wurde. Und endlich erreichte sie auch die Nachricht von Krags geglückter Expedition.

Die Bank war gerettet!

Am Nachmittage traf Krag mit seinem Fang in Christiania ein.

An der Brücke wurde er, außer von dem Chef des Sicherheitsbureaus an der Spitze zahlreicher Polizisten, auch noch von einem Legationsrat der französischen Gesandtschaft der Hauptstadt erwartet.

Der Chef teilte Asbjörn Krag mit, daß die Verhandlungen über Ingenieur Barra sich im Laufe des Tages mit rasender Schnelligkeit entwickelt hatten und zu einer ausschließlich diplomatischen Affäre geworden waren. Es war nun nichts anderes zu tun, als ihn auszuliefern, sowie die französischen Detektive eintrafen, um ihn nach seinem alten Schauplatz zurückzubringen.

Der französische Legationssekretär hatte noch ein Gespräch unter vier Augen mit Krag, wobei es sich für ihn darum handelte, zu erfahren, ob Barra vielleicht etwaige Geheimnisse dazu benützt hatte, Krag zu überreden.

Krag gab eine genaue Darstellung von allem, was Barra gesagt und getan hatte, und der Diplomat stieß einen Seufzer der Erleichterung aus, seine Staatsgeheimnisse unversehrt zu wissen.

Einige Abende später wurde der Rotbärtige unter sorgsamer Bewachung der französischen Detektive zu dem Zug gebracht. Sie nahmen ein ganzes Coupé für sich allein. Auch Asbjörn Krag war auf dem Perron zugegen. Als der Zug eben aus der Halle fuhr, lehnte sich Ingenieur Barra zum Coupéfenster hinaus und sagte mit seinem unergründlichen Lächeln zu Krag:

»Der Mann im Monde wünscht Sie in einer schönen Nacht wiederzusehen, Herr Detektiv.«

Zwei Monate später erfuhr Krag, daß Ingenieur Barra wegen Mordes und Betruges zur lebenslänglichen Deportation auf die Teufelsinsel verurteilt worden war.

Wie lange diese Lebenslänglichkeit wohl dauern wird? dachte Krag bei sich selbst.

Bei derselben Gelegenheit bekam Krag jenes Kreuz der Ehrenlegion, das er gerne bei feierlichen Anlässen trägt, so wie es auf der Straße bis vor kurzem einen Mann gab, der Krag mit auserlesener Höflichkeit und Aufmerksamkeit zu grüßen pflegte.

Das war der jetzt versetzte französische Diplomat, der in Asbjörn Krags Person Respekt vor der norwegischen Detektivpolizei bekommen hatte.